W0054004

Martina Güldemann

Leipziger Weihnachtsgeschichten

Danksagung
Für die Unterstützung an diesem Buch danke ich Friedrich Förster,
Rudolf König, Wolfgang Schmidt, Familie Troks, Otto Künnemann und
Friederike Güldemann.

Bildnachweis
Titelbild: ullstein; Martina Güldemann: S. 7, 73, 78, 79;
Ullstein/ZB/ddrbildarchiv: S. 30, 37

1. Auflage 2013
Alle Rechte vorbehalten, auch die des auszugsweisen Nachdrucks
und der fotomechanischen Wiedergabe.
Satz und Layout: Christiane Zay, Potsdam
Druck: Hoehl-Druck Medien+Service GmbH, Bad Hersfeld
Buchbinderische Verarbeitung: Buchbinderei Büge, Celle
© Wartberg Verlag GmbH & Co. KG
34281 Gudensberg-Gleichen, Im Wiesental 1
Telefon: 0 56 03 - 9 30 50
www.wartberg-verlag.de

ISBN 978-3-8313-2209-1

Inhalt

Vorwort 5

Undenkbar – Weihnachten ohne Stolle 6

Sankt Nikolaus in Leipzig 9

Raue Wahrheiten 10

Stolle – zum Niederknien gut 13

Meine schlimmste Adventszeit 16

Wie praktisch doch so ein Schlitten ist 20

Kartoffeln am Weihnachtsbaum 22

Rette sich, wer kann 26

Aus 2 mach 1 28

Eiskalt erwischt 32

Versüßter Verlust 33

Winterlust in Alt-Leipzig 36

Mann und Frau intim 39

Das Westpaket 42

Erna tropft 45

So ging uns ein Licht auf 49

Hier geht es um die Wurst 51

Der lange Weg eines Weihnachtshits 54

Wie peinlich 57

Das Weihnachtsgeschenk 59

Budentreiben 66

Weihnachtliches Heimweh 69

Das historische Etagenkarussell.......................... 72

Ein Löffel Graupen und eine Karpfenschuppe....... 76

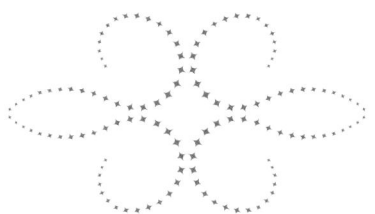

Vorwort

Wenn wir mal ganz ehrlich sind, liebe Leserinnen und Leser, dann steht uns der Frühling, der Sommer und der Herbst näher als der Winter. Der Grund? Na, unser Leben findet einfach mehr in der Natur statt, wir haben Licht, Luft und Sonne. Die Vögel zwitschern und das Grün sprießt. Was will man mehr?

Ja, was wohl – den Winter natürlich. Denn auch der hat ja bekanntlich seine schönen Seiten. Da sind verschneite Wälder und zugefrorene Seen. Da ist der Appetit auf deftiges Essen und eine schöne Tasse heißen Tee. Und da ist die Adventszeit – für viele die schönsten vier Wochen im Jahr. Der köstliche Duft beim Plätzchen und Stolle backen, der herrliche Geschmack von Glühwein und Spekulatius, die anheimelnde Atmosphäre auf dem Weihnachtsmarkt, alles ist festlich geschmückt und die Kinder leben in einer unvergleichlichen Spannung zwischen Nikolaustag und Weihnachtsfest.

Das klingt Ihnen jetzt alles zu kitschig, weil ich mit keinem Wort den höllischen Einkaufsstress vor und die nervigen Familienplanungen zu den Feiertagen erwähnt habe? Ach, kommen Sie, vergessen Sie das einfach einmal – zumindest für diese eine Buchlänge.

Ich wünsche Ihnen jedenfalls viel Spaß beim Lesen der winterlichen Leipziger Geschichte und Geschichten sowie eine wunderschöne entspannte Weihnachtszeit.

Martina Güldemann

Undenkbar –
Weihnachten ohne Stolle

Meine Herren, achten Sie auf Ihre Hosen – die Zeit der Stollenbäckerei beginnt! Jawohl, lachen Sie nicht, denn es ist verbürgt, dass sich 1729 in Leipzig eine Frau Dietzen nicht scheute, vor Weihnachten die besten Sammet-Pumphosen ihres gestrengen Gatten zu versetzen, nur um Geld fürs Stolle backen zu bekommen. Dass die Knöpfe an Ihren Hosen nach dem Verzehr dieser Köstlichkeit versetzt werden müssen, ist ein ganz anderes Problem.

Jedenfalls ist Stolle Pflicht. Stolle ist der Höhepunkt vieler kulinarischer Höhepunkte während der Festtage. Stolle ist … Wer ruft da eigentlich immer dazwischen, dass es nicht „die Stolle" heißt, sondern „der Stollen"? Gut, gehen wir zum Ursprung zurück. Das Gebäck, um das es geht, wurde von dem althochdeutschen Wort „stolle" und dem mittelhochdeutschen Wort „stollo" – beide sind männlichen Geschlechts – abgeleitet. Also spricht man in ganz Sachsen von „dem Stollen". Außer im Leipziger Raum, da heißt es schon seit ewigen Zeiten „die Stolle" und keiner weiß, warum das so ist.

Bereits 1247 wird dieses Weihnachtsbackwerk in der Dresdner Chronik erwähnt. 1329 halten die Naumburger ihre diesbezüglichen Erfahrungen fest. Die Leipziger Stolle hat leider eine noch nicht so lange Tradition, aber wir können ja nun mal nicht überall die Ersten sein …

Nun aber zurück zu den herrlich gepuderten Kalorienbomben. „Der Name Stollen deutet auf ein pfosten- oder fußähnliches, weckenartiges Langstück, das, vor allem in Dresden, durch einen Überschlag des Teiges einen Spalt aufweist (überschlagener Stollen). Der Erzgebirger reißt das Gebäck auf, sodass es sich in der Mitte beim Backen verbreitet (gerissener Stollen). Es soll die Gestalt des in Windeln gewickelten Jesuskindes darstellen. Man wird aber kaum fehlgehen, falls man den Stollen heute mit Rosinen, Mandeln, Zitronat und allen

„In der Weihnachtsbäckerei, gibt's so manche Leckerei …"

möglichen guten Sachen gewürzten Hefenkuchen zu den Gebildbroten rechnet, zu den Spaltgebäcken, die ein Fruchtbarkeitszeichen darstellen", heißt es in einer alten Schrift.

Der Name „Stolle" oder „Stollen" setzte sich im sächsischen Raum erst gegen 1545 durch. Man kannte und liebte diese weihnachtliche Spezialität zwar schon viele Jahre vorher, aber unter anderem Namen. So erhielten 1471 die Insassen des Dresdner Maternihospitals Christbrote, die den Namen „Striezel" trugen. Daraus wurde bald eine äußerst beliebte Handelsware, für die man sogar einen eigenen Markt einrichten musste – den Dresdner Striezelmarkt. Doch wie das halt so ist im Leben, die Begeisterung bekam bald einen Dämpfer. Dem Christfest ging eben leider das große Adventsfasten voraus und da war die Verwendung von Milch, Eiern und vor allem Butter streng verpönt. Die Stolle sollte mit Öl gebacken werden. Aber da schaltete sich der Sächsische Hof, unterstützt vom Leipziger Rat, ein und bat den Papst, das Butterbackverbot wieder aufzuheben, „weil in Sachsen keine Ölbäume wachsen, ansonsten das Öl knapp ist, dazu beim Backen stinkt". Und sie hatten Erfolg: 1491 erlaubte der Papst, die (den) Stolle(n) wieder mit Butter zu backen. Gott sei Dank!

So, meine Damen in Leipzig, jetzt nehmen Sie flugs die besten Hosen Ihres Liebsten, tauschen Sie sie ein gegen Butter und los geht das Stolle backen. Was Sie dabei alles lieber nicht tun sollten, das erfahren Sie in einer anderen Geschichte dieses Weihnachtsbuches.

Sankt Nikolaus in Leipzig

Nikolaustag! Wo immer an einem 6. Dezember liebende Eltern sind, kommt der Nikolaus zu den Kindern. Er kommt als vorfestlicher Weihnachtsbote mit weißem Bart und rotem Mantel, in der Hand eine Besenrute und auf dem Rücken einen verheißungsvoll gefüllten Gabensack. Aber die meisten Kinder wollen ihn, da er immer etwas grantig wirkt, eigentlich nicht sehen und stellen dafür lieber ihre auffallend sauber geputzten Schuhe vor die Tür. Dabei ist der Nikolaus im Grunde nur ein gutmütiger Polterer, der uns allen nichts Böses will.

Die Kirche und das Brauchtum haben Nikolaus, der einst Bischof von Myra in Kleinasien war, zu einem bekannten und beliebten Weihnachtsheiligen auch in Sachsen werden lassen. Der Kirchenmann, dessen Gebeine 1087 nach Bari in Süditalien überführt wurden, war zum Ausgang des Mittelalters aufgrund seiner Popularität in ganz Europa Namensgeber für rund 2200 Kirchen und Kapellen. Als sich der Kult dieses vom Papst heiliggesprochenen Bischofs gegen Ende des 11. Jahrhunderts von Italien her bis in unser Gebiet zu verbreiten begann, hatte der Nikolaus noch eine viel größere Bedeutung. Neben seinen Aufgaben als Adventsbote verehrte man in ihm vor allem den „besorgten Anwalt der Reisenden, den heiligen Inspizienten der Verkehrswege, den großen Mitinhaber der Umschlagplätze der Wirtschaft und der Kultur". Und nicht zuletzt war er der Siedlungsheilige der Neulandgebiete östlich der Saale.

Eines der noch heute sprechenden Zeugnisse dafür, dass Nikolaus in diesen Eigenschaften in Leipzig sehr verehrt wurde, ist unsere Nikolaikirche. Als Marktkirche der im 11. Jahrhundert neu gegründeten, am Schnittpunkt wichtiger Verkehrswege liegenden Stadtsiedlung erhielt sie den Namen des Schutzheiligen der Reisenden und der Kaufleute.

Raue Wahrheiten

Weihnachten 1946. Otto war gerade mal vier Jahre alt, das heißt, um genau zu sein, er war vier Jahre und knapp acht Monate alt. Aber trotzdem, es war einfach zu früh für ihn. Zu früh wofür, fragen Sie?

Nun, beginnen wir ganz vorn. Also, es ist Heiligabend 1946 und es war die Zeit der Bescherung. Das schönste Geschenk für Otto war eine „Käsehitsche". Ein Rodelschlitten, bestehend aus einem kleinen Eisengestell mit Kufen dran. Obendrauf war ein Brettchen montiert, das wie eine Acht geformt war. Damit sollte es dann auf die „Warze" gehen, um die Schussfahrt von ungefähr

25 Metern im weißen Pulverschnee zu genießen. Die Freude war riesig über das Geschenk, welches natürlich vom Weihnachtsmann überbracht wurde.

Und nun begann der problematische Teil des Festtages. „Mutti, der Weihnachtsmann hatte Zähne wie Herr Schumann!?" Dazu muss man wissen, dass Herr Schumann als Nachbar nebenan wohnte. Es war also fest damit zu rechnen, dass Otto diese Zähne schon oft gesehen hatte und sie tatsächlich auch ein bisschen kannte.

Pädagogisch unverzeihlich passierte Ottos Mutti nun folgender Lapsus: „Na ja, mei Gleener, 's war ooch Herr Schumann. Der hat'sch bloß angeputzt. Äh rischt'schen Weihnachtsmann – dän gibt's nämich gar nich."

Peng, das hatte gesessen. Das musste erst mal verarbeitet werden. Nein, das kam einfach zu zeitig für einen Vierjährigen, der erst im Mai fünf wurde. Ottos kleine Seele war verletzt, er war bis ins Knochenmark erschüttert. Aber er beschloss für sich, dass nicht sein kann, was nicht sein darf: Mutti hatte sich geirrt. Es gibt doch einen Weihnachtsmann!!! Er glaubte noch eine ganze Weile fest daran und ließ sich in seiner Überzeugung durch nichts davon abbringen.

Auch ein Jahr später nicht, als der in Ottos Erinnerung schlimmste Hungerwinter tobte. Eisige Kälte und ungeheure Schneemassen ließen einen in der sonst so beschaulichen Adventszeit nicht warm ums Herz werden. Wie durch Schützengräben liefen die Kinder entlang der hochgeschaufelten weißen Berge und sahen kaum etwas vom Drumherum. Eine Ausnahme war alles, was nach Brennbarem aussah, und das wurde nach Hause geschleppt. Der Kohle- und Holzklau wurde zum Massensport, auch schon für die Kleinen. Otto träumte oft vom Frühling oder vom Sommer, wenn die ganze Familie mehr oder wenig hungrig um den einzigen Ofen in der Küche ihres „Behelfsheims" in Dölitz saß, der Tag und Nacht geheizt werden musste.

Und dann kam Weihnachten. Und was gab es in diesem Jahr und von wem geschenkt? Mutter hatte mit einem großen Stück Speckschwarte eine köstliche Erbsensuppe für alle gezaubert. Welch wunderbares Festmahl. Die Speckschwarte hatte sie übrigens gegen eine schöne warme Strickjacke eingetauscht …

Stolle – zum Niederknien gut

In jeder Familie Leipzigs wird sich mindestens eine kuriose Geschichte finden lassen, die sich um das aufwendige Stolle backen rankt. So nahm Friedrichs Mutter beim Buttern der fertigen, noch warmen edlen Stücke anstatt Zucker Salz … Eine Katastrophe, Weihnachten war gelaufen. Sabine sollte das Stollenbrett, beladen mit fünf Dreipfündern, eine enge Wendeltreppe hochtragen. Sie ahnen sicher, was passiert ist?! Aber auch das Zerbrochene schmeckte noch sehr gut.

Manfred und Willi, ihr Vater hatte eine Bäckerei in der Weidmannstraße, sollten an einem nicht mehr genau zu benennenden Dezembertag eben diese Stollenbretter zu den einzelnen Kunden bringen. Alle waren gut bestückt mit den noch heißen und duftenden Köstlichkeiten. Dumm nur, dass gerade an diesem Tag ein unglaublicher Sturm durch Leipzig pfiff, der die beiden Jungs zu wahren Zirkusakrobaten werden ließ. Die langen Bretter auf den Schultern boten ein tolles Angriffsfeld für den starken Wind, forderten schnellste Reaktion sowie einen ausgeprägten Gleichgewichtssinn. Und obwohl die Jungen über beides verfügten, denn sie machten das ja als „gelernte Bäcker-Söhne" nicht zum ersten Mal, war doch der eine oder andere geringe Verlust zu beklagen. Wer den Senior-Chef kannte, konnte sich gut vorstellen, dass die Jungs nach diesem Debakel zumindest für kurze Zeit ein Problem hatten, wenn auch rasch neue Stolle gebacken werden konnte.

Wer die Stolle zu Hause buk, konnte ebenfalls Abenteuer erleben. Es begann mit der nicht immer leichten Beschaffung der Zutaten. Aber ich glaube, meine Eltern hatten da nicht so gravierende Probleme, denn erstens hatten sie ein kleines Baugeschäft und zweitens gute Westbeziehungen. Ach, und drittens kannten sie den Bäcker von gegenüber sehr gut, sodass sogar der Wunschtermin für das Backen realisiert werden konnte.

Den Teig bereiteten wir jedes Jahr zu Hause zu. Das heißt, Mutti stellte genau abgewogene Unmengen an Mehl, Zucker, Butterschmalz, Salz, Zitronat, Hefe, Rosinen und ich weiß nicht, was noch alles, bereit und dann kam Onkel Edmund. Ein Hüne von einem Mann, der stets gut drauf war und viel Blödsinn mit mir veranstaltet hat. Mit einem Wort: mein Lieblingsonkel. Das Besondere an ihm war, dass er Bäcker gelernt und den Beruf auch ausgeübt hatte, um dann letztendlich doch das Baugeschäft seines Vaters zu übernehmen.

Also, kurz und gut, jedenfalls kam Onkel Edi an einem Tag in jedem Jahr in aller Herrgottsfrühe zu uns, um riesige Mengen Stollenteig zu kneten. Das war vielleicht ein Akt. Die Küche musste richtig warm sein, die Zutaten ebenfalls und Onkelchen war es dann auch bald. Dann musste der Teig ja „gehen" und durfte keine Zugluft bekommen. Also wurde die Zinkwanne mit dem riesigen Berg Teig auf den Glutos-Beistellherd gestellt, damit ihm auch richtig mollig wurde. Nur leider hatte in einem Jahr der Fortschritt bei uns Einzug gehalten. Sprich: Die Zinkwanne war durch eine grüne Plastewanne ersetzt worden. Nun, es mag an der frühen Morgenstunde und mangelnder Aufmerksamkeit gelegen haben oder alter Gewohnheit, auf jeden Fall dachte keiner daran, dass sich die heiße Herdplatte nicht so richtig mit der Plastewanne verträgt wird. Da die Protagonisten des Dramas die Küche verließen, um ihre wohlverdiente Pause zu machen, kam was kommen musste: Die unteren Teigschichten beschlossen einfach, dieses Jahr nicht den Weg zum Bäcker anzutreten, da sie ja vor Ort auf der Eisenplatte des Beistellherdes auch irgendwie durchgebacken werden konnten. Der Boden der Wanne stellte kein Hindernis mehr dar, denn er war bis auf einige hässlich schwarz zerschmolzene Rudimente nicht mehr vorhanden.

Irgendwann geht bekanntlich jede Pause einmal vorbei und die Zeit war nun reif, um den Teig zum Bäcker zu schaffen. Da wir eine sehr große Wohnung hatten, fiel erst Meter für Meter in Richtung Küche den Nasen meiner Mutti und Onkel Edmunds auf, dass hier etwas nicht so roch wie es riechen sollte. Nahezu gleichzeitig stürzten sie in die Küche, um mit einem kühnen Schwung die Wanne an ihren Griffen vom Herd zu reißen. Aber die Rettung des Stollenteigs gelang nur partiell und mit vollem Körpereinsatz. Ein Teil buk stoisch auf der Eisenplatte dahin, ein weiterer kleckerte durch das Wegziehen am Herd hinunter und der Hauptteil klatschte aus Ermangelung des Wannenbodens mit einem kräftigen „Plop" auf das Linoleum der Küche.

So schnell habe ich zwei erwachsene Leute nie wieder synchron zu Boden gehen sehen, denn sie wussten, was ich nicht wusste: Der Teig darf auf keinen Fall kalt werden, dann ist alles verloren. Die Wiederbelebungsmaßnahmen waren übrigens erfolgreich und wir hatten unsere Stollen. Zwar weniger als geplant, aber diesmal besonders wohlschmeckend – einfach zum Niederknien gut.

Meine schlimmste Adventszeit

Friedrich, geboren 1936, wuchs mit seiner Zwillingsschwester Thea und zwei älteren Brüdern auf. In der Hofmeisterstraße 15 lebte die Familie in einer 7-Zimmer-Wohnung, woraus man schließen darf, dass es ihnen nicht ganz schlecht ging. Harte, ehrliche Arbeit hatte zu dem bescheidenen Wohlstand geführt, denn Großvater, Vater und Onkel waren Gründer und Besitzer einer kleinen Schneiderei-Dynastie in Leipzig mit Geschäften unter anderem in der Universitätsstraße und der Goethestraße.

Liebevoll kümmerte sich die Mutter um die Kinder und schuf ihnen gerade in der Weihnachtszeit unvergessliche Momente. Der Kaufmannsladen, der stets mit tollen Leckereien und Überraschungen gefüllt wurde, war so ein Höhepunkt. Aber auch an Theas Puppenwagen erinnert sich Friedrich noch gern, denn darin versteckte sie immer ihren weihnachtlichen „süßen Teller" – wohl wissend, dass ihr Zwillingsbruder beim Thema Naschen keine Verwandten mehr kannte …

Bisher hatte der kleine Friedrich den Zweiten Weltkrieg nicht bewusst wahrgenommen. Klar, seine großen Brüder waren im Krieg, das war nicht schön, aber dafür war ja Lorette da. Eine zwangsverpflichtete junge französische Schneiderin, die schon bald mit zur Familie gehörte. Als Kind nimmt man eben vieles leichter und kann zum Glück die Tragweite mancher Ereignisse nicht so richtig einschätzen. Dies änderte sich am 20. Oktober 1943, als in den späten Abendstunden die ersten Bomben auf Leipzig fielen, da waren Friedrich und seine Schwester Thea sieben Jahre alt. Es waren englische Bomben, die unter anderem die Stötteritzer Marienkirche beschädigten, die damit als erste Kirche Sachsens Opfer des Krieges wurde. Dieser Angriff aber war verhältnismäßig klein und beeinflusste das Leben von Friedrich noch nicht direkt.

So wurde es Anfang Dezember. Die Vorfreude auf die Adventszeit und den baldigen Nikolaus-Tag war bei Friedrich wie jedes Jahr riesig. Wie sehnte er den Weihnachtsduft und den Weihnachtsschmuck in der schönen Wohnung herbei. Doch es sollte anders kommen, völlig anders. Am frühen Morgen des 4. Dezember 1943 gegen 3.40 Uhr heulten die Luftschutzsirenen und in das Bellen der Flakgeschütze mischten sich sehr schnell die ersten Bombenexplosionen. In weniger als einer Stunde flogen rund 450 britische Kampfflugzeuge in drei Wellen über die Messestadt. Mehr als 17 000 Phosphorbomben, 87 000 Stabbrandbomben, 900 Sprengbomben und 20 schwere Luftminen, insgesamt 1 500 Tonnen Sprengstoff, wurden abgeworfen. Von Norden über das Stadtzentrum nach Süden und Südosten zog sich eine Spur der Verwüstung, die ca. fünf Kilometer lang und drei Kilometer breit war. Die Industriegebiete im Osten und Westen der Stadt wurden kaum zerstört. Dagegen lagen das Augusteum, die Hauptpost, das Bildermuseum, mehrere Theater, 29 Messehäuser, Hallen der Technischen Messe, das Graphische Viertel, neun Kirchen, einige Krankenhäuser, 56 Schulen, zahlreiche Wohnhäuser – insgesamt mehr als 4000 Gebäude – in Schutt und Asche.

1800 Leipziger starben bei diesem Angriff, über 140 000, das war ein Fünftel der Bevölkerung, verloren ihr Zuhause. So auch Friedrich und seine Familie. Bei den ersten Tönen der Sirenen nahmen sie ein paar vorbereitete Habseligkeiten und flüchteten in den Luftschutzkeller. Aber es dauerte nicht lange und ein furchtbares Donnern ließ die Schutzräume erzittern. Den Erwachsenen war sofort klar: Das war ein Treffer. Wir müssen raus. Da auch das Nachbarhaus einen Treffer abbekommen hatte, hieß es nun wohlüberlegt über die Kellerdurchbrüche den sichersten Weg nach oben zu finden. Glücklicherweise gelang es allen.

Friedrich, Thea, der älteste Bruder Hans, der gerade auf Fronturlaub war, und die Eltern standen vor ihrem brennenden Haus. Da noch etwas löschen zu wollen, war unmöglich. Aber Hans und die Mutter liefen dennoch hoch in die Wohnung und warfen die Federbetten aus dem Fenster. Die konnte man bei den eisigen Temperaturen sicher noch einmal gut gebrauchen! Lorette kümmerte sich derweil um die Kleinen, die das alles wie in Trance erlebten. Noch heute erinnert sich Friedrich daran, dass sogar die Feuerwehr kam, aber das Löschwasser die Straße sofort in eine Eisbahn verwandelte, weil es so kalt war. Irgendwann, als das Unwiderrufliche für alle feststand, brach die Familie Förster mit ihren wenigen geretteten Habseligkeiten und den Federbetten in Richtung Pomsen auf, um für eine kurze Zeit bei Freunden unterzukommen. Danach ging es nach St. Niklas im Erzgebirge, um in zwei Zimmern ein neues bescheidenes Leben zu beginnen. Lorette war übrigens die ganze Zeit mit dabei und eine wichtige Bezugsperson für die Kinder.

Die Familie wollte aber so schnell wie möglich zurück in die Heimat, zurück nach Leipzig. Also ging es nach Kriegsende erst einmal zur Untermiete zu Bäcker Gödecke in die Hans-Pöschel-Straße. Dort eröffnete der Vater wieder eine Schneiderwerkstatt. Und bereits 1947 kam man der alten Heimat ganz nah, denn die Familie bezog eine Wohnung in der Hofmeisterstraße 11, mit den „Kammerlichtspielen" und dem Zirkus Aeros im Hinterhof.

Wie praktisch doch so ein Schlitten ist

Rudolf kann echte Schlitten-Geschichten erzählen. Angefangen hat bei ihm alles mit einem uralten winzigen eisernen Schlitten mit einer Rückenlehne, auf dem schon sein Vater als Kind, vor dem Ersten Weltkrieg, gesessen hatte. Dick in Decken gehüllt, wurde er als Kleiner damit gezogen. Bis er selber Rodeln und seinen Spaß haben konnte, vergingen noch ein paar Jahre. Endlich war es so weit, er besaß einen großen Rodelschlitten aus Holz. „Bahne frei, Kartoffelbrei", schallte es im Winter über jeden noch so kleinen Hügel.

Das unbeschwerte Wintervergnügen währte nicht ewig, der Schlitten wurde für wichtigere Unterfangen benötigt. 1944, nach der Bombardierung des Leipziger Hauptbahnhofes, hieß es nämlich für die Züge aus Westen und Norden Endstation in Wiederitzsch und Neuwiederitzsch. Wer umsteigen wollte, musste einen drei Kilometer langen Marsch auf sich nehmen oder mindestens 20 Minuten bis zur Straßenbahnhaltestelle laufen. Für Reisende mit Gepäck und dann noch bei Schnee war das kaum möglich. Und die allermeisten hatten Gepäck dabei – meist ihr noch einzig verbliebenes Hab und Gut.

Da es weder Autos, Pferdegespanne oder andere Fortbewegungsmittel gab, kamen die Schlitten von Rudolf und seinen Freunden gerade recht. Hochbepackt mit Koffern, Taschen und Rucksäcken pendelten sie zwischen den Bahnhöfen und der Straßenbahnstation hin und her. Natürlich machten sie dies nicht umsonst. Im Gegenteil, fünf Reichsmark war ihr Tarif. Das war ein ganz schön gepfefferter Preis – aber wie das halt so ist mit Angebot und Nachfrage …

Die Jungs bauten ihr lukratives Transportgeschäft aus, schließlich ließen sich mit den Schlitten verschiedene Materialien transportieren. Zwar waren inzwischen die größten Kriegsschäden schon beseitigt, doch baute die Besatzungsmacht jetzt das zweite Gleis auf der Strecke ab und demontierte die elektrische Oberleitung. Da musste eben wieder provisorisch transportiert werden. Allerdings bevorzugte Rudolf in dieser Zeit lieber Kunden, die anstatt Geld ein Stück Brot mit Speck spendierten.

Nur ein Jahr später kam diesem Schlitten die nächste, im wahrsten Sinne des Wortes tragende Aufgabe zu: Er transportierte Stücke von Braunkohle und Brikettes, die oft unter Lebensgefahr von den fahrenden Kohlezügen geklaut wurden. Rudolf und seine Freunde ließen sich auf das Wagnis ein, denn es gab ja auch keine Alternative. Brennmaterial war knapp bis gar nicht vorhanden. Nicht umsonst gilt der Winter 1946/1947 als der härteste des 20. Jahrhunderts. Kartoffeln und Kraut waren durch den grimmigen Frost ungenießbar geworden, Strom und

Gas wurden rigoros kontingentiert, die Plumpsklos auf der Treppe waren eingefroren. Die Menschen starben an Erfrierungen, aber noch viel mehr durch Typhus und Diphterie. Der Unterricht in der Schule wurde immer mehr verkürzt und schließlich ganz eingestellt.

Harte Zeiten, die durch einen ansonsten recht unbedeutenden Schlitten doch um einiges verbessert werden konnten.

Kartoffeln am Weihnachtsbaum

Was für einen Baum bevorzugen Sie denn zu Weihnachten? Tanne, Fichte, Kiefer, Plastik? Wofür Sie sich auch immer entscheiden – der Weihnachtsbaum selbst kann in Sachsen auf eine rund 275-jährige Tradition zurückblicken. Im Mittelalter begnügte man sich noch mit den Zweigen von Buchsbaum, Wacholder und Eibe. Die Reiser wurden pendelnd aufgehängt, um schädliche Geister zu verscheuchen. Das Immergrün sollte Glück und Gesundheit erhalten und galt als Sinnbild des fortdauernden Lebens. Ebenso waren Feuer und Licht seit alters her bestimmt, die „Dämonen der Finsternis" abzuwehren. Genau aus diesem Grund zog in Leipzig die Jugend zu Weihnachten mit Fackeln durch die Stadt. Diese Tradition wurde dann später durch das „Heiligabendlicht", eine einfache Kerze, die in der Weihnachtsstube entzündet wurde, abgelöst. Und schließlich verband man die Reiser mit den Kerzen zu einem, nun sagen wir mal, lichtertragenden Tannenbaum, der auch als Weihbaum oder Christbaum bezeichnet wurde. Exakt 1737 ist der Lichterbaum erstmalig in Sachsen bezeugt. Um die teuren Kerzen zu sparen, wurden anfangs halbe, mit Öl gefüllte Nussschalen und darin schwimmende Baumwollfäden als Baumbeleuchtung genutzt. Über den Brandschutz sprechen wir an dieser Stelle mal lieber nicht …

1755 ist in Leipzig nachweislich von einem „Kartoffelbaum" die Rede. Damals hatte man in Machern und Naunhof die ersten und vielbestaunten Erdäpfel geerntet. Und da diese einigen aus der Leipziger Oberschicht wertvoller waren als alles andere, dienten sie, nachdem man sie vergoldet hatte, als Christbaumschmuck. Na, ist das mal 'ne Anregung für Ihren nächsten Baum?!

Der Brauch des geschmückten Weihnachtsbaums bürgerte sich in dieser Zeit nun mehr und mehr ein. Der junge Goethe bestaunte ihn erstmals 1766, als er als Gast im Hause des Kupferstechers Michael Stock weilte. Das Erlebnis wirkte lange bei ihm nach und fand sogar seinen literarischen Niederschlag: Acht Jahre später war darüber in dem bedeutenden Roman „Die Leiden des jungen Werthers", der zur Michaelismesse 1774 in Leipzig erschien, zu lesen.

Minna Körner, Stocks jüngste Tochter, schilderte diese Weihnachtsfeier von 1766, bei der übrigens, wie damals üblich, für jedes Familienmitglied ein Bäumchen geputzt wurde, folgendermaßen: „Goethe und der Vater trieben ihren Mutwillen soweit, daß sie am Weihnachtsabend ein Christbäumchen für unseren Hund Joli mit allerhand Süßigkeiten behangen, aufstellten, ihm ein rotwollenes Kamisol anzogen und ihn auf zwei Beinen zu dem Tischchen, daß für ihn reichlich besetzt war, führten (…) Joli war ein so unverständiges, ja ich darf sagen, so unchristliches Geschöpf, daß es für die von uns unter unseren Bäumchen aufgeputzte Krippe nicht den geringsten Respekt hatte, alles beschnoperte und mit einem Haps das zuckerne Christkindchen aus der Krippe riß und aufknapperte, worüber Herr Goethe und der Vater laut auflachten. Ein Glück nur", fügte die Augenzeugin hinzu, „daß Maria und Joseph, Ochs und Eselein von Holz waren, sonst hätte Joli die auch noch gefressen."

Und noch etwas fiel dem jungen Johann Wolfgang bei dieser Weihnachtsfeier auf: Es gab kaum Geschenke. Die Kinder mussten sich mit einem „Päckchen braunen Pfefferkuchen, welches der Herr Pate aus Nürnberg geschickt" hatte, begnügen. Aber auch das hatte Methode, pardon, ich meine natürlich Tradition. Seit dem ausgehenden Mittelalter kannte man in Deutschland den Brauch, an den Festtagen Geschenke zu überreichen. Überliefert sind aus dieser Zeit genaue Vorschriften und sogar Verbote. So wurde um 1450 in Konstanz den

Menschen untersagt, ihren Patenkindern zu Weihnachten Gebäck oder andere Dinge zu schenken.

Nach der Reformation tauschte man den heiligen Nikolaus als Gabenbringer gegen Knecht Ruprecht aus. Die Kinder erhielten nun Weihnachtsgeschenke als „Bündel", in Leipzig auch „Christbürde" genannt. Aus einer Überlieferung von 1571 erfährt man, dass „gemeiniglich die Kinderlein fünfferley Dinge in solchem Bündel vorfinden: Geld; Zuckerzeug und Pfefferkuchen; Kleider; Bücher und Schreibmaterial; Spielzeug – und daneben die angebundene Christrute". Aber dafür musste man schon gut betucht sein.

Eine große Spielzeuglieferung aus Leipzig an den Hof zu Dresden im Jahre 1572 lässt vermuten, dass die ersten Bescherungen protestantische Hofsitten gewesen sein müssen. Es ist verbürgt, dass Kurfürst August bei den Leipziger Spielzeugmachern für seine Kinder eine Jagd aus 75 Stücken, Puppenstube und Küche mit voller Ausstattung und vieles mehr bestellt hatte. Auch zwei Ruten, die mit sechs Pfennigen berechnet waren, durften für das Bündel des Kurprinzen und des kurfürstlichen Fräuleins nicht fehlen.

Knapp hundert Jahre später sah man aber alles wieder strenger. Das bis dahin erlaubte Schenken zwischen erwachsenen Personen wurde verboten und mit fünf Reichstalern Strafe belegt. Nach der kursächsischen Polizeiordnung durfte „das Gesindt sich nit im Geringst keyn Hlg. Christ oder Neujahr ausbedingen".

Der Rat zu Leipzig legte zu dieser Zeit per Verordnung fest, dass Marzipangeschenke nur einen Höchstwert von zwei Reichstalern haben dürften. Und noch 1705 konnte man in einer gedruckten Dissertation lesen, dass Weihnachtsgeschenke der Eltern für ihre Kinder als heidnisch abgelehnt werden sollten. So, so, der Gedanke ist eigentlich gar nicht so schlecht …

Rette sich, wer kann

Bestimmt jeder vierte männliche Leipziger (na ja, jedenfalls so ungefähr) über 20 hat schon einmal in seinem Leben den Weihnachtsmann gespielt. Das konnte lustig sein oder berührend, albern oder chaotisch, feuchtfröhlich oder staubtrocken. Bei dem einen oder anderen war es aber auch schon mal nass. So wie bei meinem Freund Otto, der 1964 im Leipziger Osten im Weihnachtsmann-Einsatz war. Eine befreundete Familie besaß dafür die idealen Voraussetzungen: zwei Mädchen im Alter von drei und fünf Jahren. Die Verkleidung passte vorzüglich und war rechtzeitig (also zu Beginn des Herbstes …) bei dem renommierten Kostümverleih von Felix Stemmler in der Hainstraße von den Freunden ausgeliehen worden.

Nun war also Heiligabend (oder besser Nachmittag), und die Hektik wie immer groß. Tausende Handgriffe waren noch zu erledigen, aber auf eins durfte auf keinen Fall verzichtet werden: Die Mädels mussten vor der Bescherung noch in die Badewanne. Jetzt wurde es doch ziemlich knapp. Die kleinen Mäuse schafften es gerade noch, in ihre Malimo-Bademäntel zu schlüpfen und sich erwartungsfroh und ängstlich zugleich auf die Couch zu setzen, als es auch schon draußen polterte.

Die Eltern gingen an die Tür, um den Furcht einflößenden Gast hereinzubitten. Die beiden Mädchen verließ nun allerdings jeglicher Mut, denn ER kam wirklich, viel schlimmer, ER war ja schon da. Plötzlich hatte die große Schwester eine himmlische Eingebung, wie sie dem Gefürchteten entgehen könnten: Zurück in die Badewanne, aus der das Wasser noch nicht abgelassen war, und unter Wasser verstecken. Einfach mal abtauchen.

Otto wird nie vergessen, wie die zwei kleinen nassen Badenixen, endlich nicht mehr ängstlich, aber tropfend auf seinen Knien saßen. Und man mag es jetzt glauben oder nicht – zu den Geschenken, die der Weihnachtsmann brachte, gehörten tatsächlich zwei hübsche bunte Badeanzüge.

Aus 2 mach 1

Zu DDR-Zeiten interessierte sich keiner – bis auf die Statistiker selbst – für Zahlen, die belegten, wie viel ganze, halbe und drittel Kinder im Durchschnitt von uns geboren wurden. Es interessierte uns auch nicht, wie viel ganze, halbe oder drittel Kinder wir noch bekommen müssten, damit wir einst in ferner Zukunft jeden Monat pünktlich von der Post unsere Rente bekommen würden. Wir kriegten unsere Kinder einfach. Wenn wir dann aber das erste Kind hatten, konnte es sehr wohl von Vorteil sein, sich über die weitere Anzahl der Kinder richtig Gedanken zu machen. Es gab Situationen, in denen es durchaus nützlich sein konnte, mit mehreren Kindern gesegnet zu sein. Zwei konnten schon reichen. Zum Beispiel beim Kauf des Weihnachtsbaumes. Ja, lachen Sie nicht, ich habe konkrete Beispiele vorzuweisen. Meine Eltern hatten sich für zwei Kinder entschieden. Clever, denn so konnte mein Vati auf einen Schlag aus vier Bäumen die zwei schönsten heraussuchen. Das verstehen Sie jetzt nicht? Stellen Sie sich doch nicht so an, Sie haben es doch selbst erlebt, oder etwa nicht? Und das ist noch gar nicht so lange her.

Aber ich erkläre es gern noch einmal für alle Spätgeborenen oder Zugereisten oder eben Vergesslichen. Also, Mutti hatte um die Weihnachtszeit andere Probleme, als sich auf irgendwelchen zugigen Plätzen herumzutreiben und sich um eine „Halleluliastaude" zu kümmern. Außerdem galt es als harte Männerarbeit, sich durch einen Berg lieblos abgeworfener und oft schon sehr traurig aussehenden Pseudo-Tannen zu wühlen. Wir gingen zu dritt los, mein Vati, mein Bruder und ich (bei solchen „Abenteuern" stand ich den Jungs in nichts nach). Natürlich hatten wir eine Strategie, die darin bestand, dass mein Vati mit geschärftem Auge und vollem Körpereinsatz die schönsten Bäume (großzügig nennen wir sie mal so) vorsichtig wie beim Mikado herausangelte und uns in die Hand drückte. Es würde jetzt zu weit führen, das gefühlte Stunden dauernde Abwägen und Austauschen der nadligen Teile zu beschreiben. Auf alle Fälle gipfelte die Situation darin, dass mein Vati links und rechts einen Baum in der Hand hielt und mein Bruder einen und ich einen. Das waren also VIER. Und daraus wurden ZWEI, das ergab sich ganz logisch, wenn man die „Strünke" (O-Ton Vati) nur ansah. Einer davon musste zumindest einigermaßen gerade gewachsen sein, auch wenn er nicht viele Äste hatte. Dafür gab es ja dann den zweiten. Ich glaube, mein Papa wusste beim Kaufen schon ganz genau, welchen Zweig er wohin transplantieren würde …

Mir ist bis heute nicht klar, wie er es jedes Jahr geschafft hat, einen so schönen, mit einem dichten grünen Kleid versehenen Weihnachtsbaum zu zaubern. Ich habe nur noch das Bild vor mir: Papa, Säge, Bohrer, Streichhölzer, Leim und die Flüche im Ohr. Aber damit ist die Geschichte unseres Weihnachtsbaums noch

Nicht nur mein Vati war ein kritischer Weihnachtsbaumkäufer.

längst nicht zu Ende. Ich erinnere mich gut an die Zeit, als ich schon „groß" war und den Baum mit schmücken durfte. Es hatte schon etwas Feierliches, wenn Vati die großen quadratischen Rama-Kartons (ja, die von den Westpaketen) aus dem obersten Regal der Kammer nahm und sie ins Wohnzimmer trug. Er hob den Deckel, seufzte und stellte fest, dass ja schon wieder ein

Jahr vergangen war. Du hast das doch gerade erst alles da hineingepackt. Wo ist bloß die Zeit hin?

Uns Jugendliche jedenfalls stimmte der Anblick der Kartons eher festlich. Bunte Kugeln, die an die Kinderzeit erinnerten. Die Christbaumspitze, ganz vorsichtig in Seidenpapier eingeschlagen. Bemalte Holzfiguren aus einer Zeit, die ich nur vom Erzählen kenne. Und das schöne schwere Bleilametta, das wie jedes Jahr Faden für Faden aufgehängt werden wird. Die Schokokringel mit den bunten Streuseln warteten schon auf dem Tisch darauf, dass ich ihnen aus Zwirnsfaden einen Anhänger verpasste. Und die zwei leeren Cognacschwenker warteten darauf, dass wir sie füllten und während unserer mehrstündigen Arbeit auch leerten. Wir lachten viel, sprachen aber auch über Dinge, die vielleicht in der Hektik des Jahres oft zu kurz kamen. Das Weihnachtsbaumschmücken war keine lange, aber eine sehr intensive und innige Zeit, die nur meinem Vati und mir gehörte.

Eiskalt erwischt

Weihnachten 1951. Auch in diesem Jahr sollte der Besuch der Christmette für die Familie Troks wieder der Höhepunkt des Weihnachtsfestes werden. Zwar wohnte man nicht mehr in der Nähe der katholischen Pfarrkirche St. Laurentius in der Witzgallstraße, sondern war inzwischen nach Liebertwolkwitz gezogen. Aber das war ja kein Problem, denn die „15" sorgte für eine reibungslose Fahrt in die Stadt und wieder zurück.

Gut, in diesem Jahr erlebten die Leipziger einen sehr strengen und schneereichen Winter, man war aber sicher, dass es mit der Straßenbahn keinerlei Probleme geben würde, die war ja (damals noch) robust. Die Mitglieder der katholischen Gemeinde freuten sich auf die Sonderbahn, die ihnen in Aussicht gestellt worden war, damit sie nach der Mitternachtsmette schnell nach Hause kommen konnten. Die Bahn würde zur Abfahrt in der Riebeck-/Ecke Stötteritzer Straße bereitstehen. So weit, so gut. Die Vorbereitungen waren perfekt, die Vorfreude auch. Nur eins spielte nicht mit – das Wetter. Während der Christmette setzte nämlich Eisregen ein und dagegen kamen auch die besten Straßenbahnen nicht an. Die Oberleitungen waren gefroren, und so konnte weder eine reguläre noch eine Sonderbahn fahren. Was nun?

Eigentlich stellte sich die Frage so nicht, gab es doch nur eine Alternative, nämlich den Rückweg zu Fuß in Angriff zu nehmen. Eins gleich vorweg: Troks waren gegen 4.30 Uhr zu Hause! Erschöpft, aber glücklich, denn keiner hatte sich verletzt. Und das wäre bei den spiegelglatten Fußwegen und Straßen sehr leicht möglich gewesen. Man half und stützte sich gegenseitig, man versuchte irgendetwas um die Schuhe zu wickeln. Man kämpfte sich Stück für Stück vorwärts. Am schlimmsten, darin waren sich alle Beteiligten einig, war der Weg in Richtung Technische Messe, da geht es nämlich auch noch bergauf … Der Rest des Weihnachtsfestes verlief dann allerdings ganz entspannt und ruhig und ohne größere sportliche Aktivitäten.

Versüßter Verlust

Nein, auf dem Weihnachtsmarkt wird nicht nur geklaut – man verliert auch ganz gern mal etwas. Ein Taschentuch, das Portemonnaie, den Autoschlüssel, ein Kind … Gut, wir Erwachsenen haben aber wirklich gar zu viel im Kopf, da kann das schon mal passieren. Doch auch Kinder verlieren hin und wieder etwas, in diesem bunten Treiben aus Weihnachtsliedern, Verkaufsständen, Karussells und Naschbuden. Ich könnte Ihnen da Geschichten erzählen … Ach, ich erzähle Ihnen einfach mal eine. Also, Weihnachtsmarkt 1994, meine Tochter Friederike steht kurz vor ihrem sechsten Geburtstag. In diesem Jahr wollen wir das erste Mal abends mit ihr auf den Weihnachtsmarkt gehen, denn da wirkt ja doch alles irgendwie noch festlicher. Es ist bitter kalt und wir mummeln uns so richtig dick ein. Los geht's. Ihre und unsere Augen glänzen bei all dem Lichterschein und wir wissen gar nicht wohin zuerst –- Waffel, Riesenrad, Bratwurst? Ach, lasst uns erst mal eine Tüte Kräppelchen naschen, beschließen wir einstimmig.

Wir schlendern durch die Gassen der herrlich geschmückten Holzkioske, bleiben hier und dort stehen und steuern dann das erste Karussell an. Ein Dino wird mutig bestiegen und ab geht die wilde Fahrt zu den lieblichen Klängen von „Schneeflöckchen, Weißröckchen". Zum Glück ist unsere Tochter in diesem Alter noch nicht übermäßig abenteuerlustig, will sagen, eine Runde auf dem kalten Dino genügt ihr völlig – und uns ebenfalls, bei diesen Temperaturen. Wohin nun als Nächstes?

„Mama, ich möchte gern solches Obst mit Schokolade", schlägt nun Friederike vor. Gut, denke ich, Obst kann nie schaden, und das bisschen Schokolade … Das Gewünschte wird schnell gefunden und ein praller, herrlich mit der braunen Köstlichkeit überzogener Apfel ausgewählt. Im Rückblick würde ich sagen, es wäre besser gewesen, wir hätten uns für eine Schoko-Banane entschieden … Nun ja, hinterher ist man ja immer schlauer.

Nach gar nicht langer Zeit schaut mein Kind mich an und ich denke noch: Irgendetwas ist anders an ihr. Schnell wird mir klar, was für eine Veränderung vorgegangen ist: Friederikes oberer rechter Schneidezahn steckt nun nicht mehr im Mund, sondern in dem Schokoladen-Apfel. Nicht eigentlich überraschend, hatte der Gute doch schon eine ganze Weile keinen festen Sitz mehr im Parlament. Nach dem ersten Schreck folgt ein herzhaftes Lachen, dann das aus dem Apfel Herausziehen und sichere Verstauen des „Hauers" in einem Taschentuch. Wie so eine Zahnlücke doch einen Menschen verändern kann, staunen wir nun wieder einmal. Zum Trost gibt es für mein Kind eine Runde Karussell. Diesmal ist das herrliche zweistöckige nostalgische dran. Gut, ohne Zahn darf es auch zweimal sein.

Danach meldet sich der kleine Hunger. Wieder einstimmiger Beschluss: Fischbrötchen. Selbst unser zahnloser Spatz kaut munter darauf rum. Nun wird es aber langsam immer später und immer kälter, es wird Zeit, den Nachhauseweg anzutreten. Aber kann man wirklich ohne eine Tüte von diesen frisch gebrannten Mandeln den Weihnachtsmarkt verlassen? Natürlich nicht, wo sich uns doch der Verkaufsstand ja quasi in den Weg stellt.

Wir unterhalten uns noch beim Laufen darüber, warum dieses Zeug nur so furchtbar lecker ist, als Friederike mich erneut etwas entsetzt anguckt. Gerade als sie zum Sprechen ansetzen will, sehe ich, was ihr die Tränen in die Augen treibt: Der zweite obere Schneidezahn ist auch noch verlustig gegangen. Aber im Gegensatz zu dem ersten, hat sie ihn als „Mandelsplitter" mit hinuntergeschluckt. Nach viel Trost und der Versicherung, dass es nicht gefährlich ist, ein Zähnchen zu verschlucken, kann sie zum Glück wieder lachen.

Winterlust in Alt-Leipzig

Wintersport als volkstümliches Vergnügen ist nicht unbedingt typisch für Leipzig. Will man wissen, was in Sachen Schlittschuh laufen, Schlitten fahren und Ähnlichem vor einigen Hundert Jahren in unserer Stadt so angesagt war, ist es gar nicht so leicht, etwas darüber zu erfahren. J. J. Vogel berichtet in seinen Annalen zum 23. Januar 1624, dass der Kurfürst in der Messestadt war und ihm vom Rat ein schönes Pferd mit Schlitten „präsentiret worden" sei. Mit Pauken und Trompeten und in Begleitung von acht weiteren Schlitten wurde dann „auff dem Marckt eine stattliche Schlittenfahrt gehalten". Noch 1709 spielten sich attraktive Wintervergnügen innerhalb der Stadtmauern ab. „Den 24. Januar", vermerkt Vogel an anderer Stelle, „haben die allhier studierenden vermasquiret auff öffentlichen Marckte und durch alle Gassen eine Schlittenfahrt gehalten und sich in unterschiedlichen Habiten sehen lassen".

Die in der Folgezeit aufkommenden Schlittenpartien durch den weißen Winterwald hinaus auf die Dörfer konnten sich allerdings die wenigsten leisten. Deshalb wurde das Schlittschuhlaufen zum eigentlichen Volkssport in Leipzig – Wasser gab es ja genug. Ursprünglich nur von Männern betrieben, die ihre warm umhüllten Damen in Stuhlschlitten vor sich herschoben, änderte sich das um 1850 grundlegend. Ab da schnallten sich auch die Leipziger Mädchen und Frauen die glatten Kufen unter die Schuhe und genossen das herrliche Wintervergnügen.

Das eigentliche Eldorado der damaligen Schlittschuhläufer war die spiegelnde Eisfläche auf Schimmels Teich

Wintersport bereitete den Leipzigern schon immer Vergnügen. Hier ein Foto aus den 60er-Jahren, aufgenommen im Clara-Zetkin-Park.

westlich vom Floßplatz. Vor allem sonntags herrsch-te auf der geräumigen Bahn ein einziges Gewimmel. Wenn der Nord-Ost-Wind allerdings mal zu stark auf-blies, stakste man auf Schlittschuhen an den Schank-tisch und wärmte sich innerlich mit einem gediegenen „Wupptich" wieder auf. Die Dämmerung und der ge-wichtige Ruf des Aufsehers „Feier-r-r-abend!" setzte dem fröhlichen Treiben oft viel zu schnell ein Ende. Aber es dauerte nicht lange, und man konnte sich bis tief in die Nacht bei künstlichem Licht tummeln. Die beliebtesten Eisflächen befanden sich damals im Ro-sental, auf dem Schwanenteich und auf dem Weiher im Zoo. Der Johannapark bot an bestimmten Tagen extra noch Konzerte und bengalische Beleuchtung. Die ers-te künstliche Eisbahn wurde in Leipzig 1874 durch die Berieselung einer Wiese hergestellt. Spritzeisbahnen kamen dann allerdings erst um die Jahrhundertwende auf. „Vollkommen sicher und gefahrlos" – so pries 1898 das Mückenschlösschen am Rosental seine Eisbahn an.

Manch älterer Leipziger mag sich noch an ein weiteres, für unsere Stadt typisches Wintervergnügen erinnern: Das Eislaufen auf der Pleiße. Ohne Gedränge ergötzten sich Tausende zwischen „Wassergott" und „Eiskeller" auf dem sich lang hinziehenden zugefrorenen Fluss. Vielleicht klappt das ja auch mal wieder – zum Pad-del haben wir sportverrückten Leipziger im Sommer ja schon intensiv gegriffen.

Mann und Frau intim

Christiane und Bernhardt leben am Leipziger Stadtrand wie Tausende andere auch: ein kleines schmuckes Häuschen in einer dieser neuen Siedlungen, deren Bäume gerade mal, wenn überhaupt, mannshoch sind. Das Grundstück ist eher klein als groß, aber man versteht sich ja gut mit den Nachbarn ... Diese haben jedoch alle schon Kinder. Für Christiane und Bernhard ist das aber kein Problem, denn sie sind noch jung und wollen erst einmal zu zweit ihr Leben genießen.

Das Geld fürs Häusle bauen haben die beiden nach dem Tod ihrer Eltern geerbt. Geerbt hatte man aber auch ein komplettes wunderschönes Weihnachtsmann-Kostüm, das nun mit vielen anderen Dingen sein Dasein in dem neuen geräumigen Keller fristete. Bis, ja bis das Weihnachtsfest 2003 nahte und eben dieses Kostüm zum Mittelpunkt einer fundamentalen Auseinandersetzung zwischen Mann und Frau, also zwischen Christiane und Bernhardt, führen sollte.

Es war der 24. Dezember, und beide waren sich schon lange darüber einig, den Heiligen Abend ganz gemütlich allein zu Hause feiern zu wollen. Am Vormittag hatten sie bereits frei, erledigten dies und das, machten sauber und putzten den Baum an. Dann verzog sich Bernhardt in den Keller. Als es Mittag wurde, rief Christiane ihren

Mann, denn eine leckere Suppe sollte den gemütlichen Teil des Tages einläuten. Als er in der Küche ankam, überzog ein Ausdruck von Verzweiflung und Hoffnung sein Gesicht, ebenso seine Stimme.

„Du, sag mal, wo ist eigentlich das Weihnachtsmann-Kostüm?"

„Was willst du denn mit dem Kostüm?"

„Weißt du auch nicht, wo es ist?"

„Doch, ich weiß es. Aber was willst du denn nun damit?"

„Na, du kennst doch meinen Kollegen Peter, der auch schon mal wegen seiner Kinder zu Hause bleibt, wenn die krank sind?"

„Du weißt doch, dass ich Peter kenne. Aber warum sagst du das mit den Kindern?"

„Nun – ich habe ihm eben versprochen, für seine Kinder den Weihnachtsmann zu spielen. Und das geht auch sehr schnell, denn der wohnt ja gar nicht weit von hier. Und wir wollten doch sowieso erst abends gemütlich essen. Und … ist das jetzt ein Problem für dich?"

„Warum hast du mir das nicht eher gesagt?"

„Hab ich vergessen."

„Wieso kann man s o etwas vergessen?"

„Weil es für mich nicht s o wichtig ist."

„Für mich schon. Ich habe diesen Tag so schön für uns geplant."

„Nun mach's mal halblang. Es geht doch nur um eine Stunde. Mehr nicht. Sag mir lieber, wo denn nun dieses Kostüm ist."

„Hm, ja, also, das ist nicht da."

„Wie, das ist nicht da? Ich denke, du weißt, wo es ist?"

„Weiß ich ja auch. Gegenüber bei Dieter ist es. Der braucht es für seine Enkel, will dieses Jahr den Weihnachtsmann machen."

„Na, toll. Ganz toll. Das hast du ja super hingekriegt. Wieso weiß ich denn davon nichts?"

„Weil dich solche Dinge ja nie interessieren. Ich habe dir schon Hunderte ähnlicher Sachen erzählt, von denen du nach einer Stunde nicht mal mehr wusstest, dass ich sie dir erzählt habe. Also, warum sollte ich das *diesmal* tun?"

„Weil ich *diesmal* vielleicht Interesse daran habe?"

An dieser Stelle blenden wir uns aus dem Dialog aus. Nur noch so viel: Bernhardt verließ fluchtartig das Haus … aber nur, um schnell im Supermarkt ein Paket Watte zu kaufen. In der Zeit suchte Christiane ein paar rustikale Sachen zusammen, die zu einem Weihnachtsmann mit Watte-Bart ganz gut passen würden. Peters Kinder bekamen übrigens einen überzeugenden Weihnachtsmann und spielen heute gern mit dem Nachwuchs von Bernhardt und Christiane.

Das Westpaket

Es war immer etwas Besonderes, ein Westpaket zu bekommen. Aber zu Weihnachten, ja, da war es schon etwas ganz Besonderes. Das hatte mehrere Gründe. Erstens bekamen manche Leute zu diesem Anlass überhaupt nur ihr einziges. Zweitens fielen sie bei manchem größer aus als in der restlichen Zeit des Jahres. Und drittens war es bei anderen einfach die Anzahl der Pakete, die höher war als gewöhnlich.

Folgende Szenen spielten sich bei uns in der Adventszeit ab – bei uns in der DDR, bei uns in Leipzig und bei uns zu Hause: Zu der Zeit, zu der immer das Paketauto kam, bezog eines von uns Kindern ganz unauffällig Position hinter der Gardine. Und wenn es tatsächlich vor unserem Haus hielt, genügte ein kurzer Ruf (im Tierreich auch Lockruf genannt), um den Rest der Familie ans Fenster zu beordern. Nun stapelte der Postmann Päckchen auf Pakete, gern auch mal umgekehrt, und lief tatsächlich in unsere Richtung. Die Spannung erreichte ihren ersten Höhepunkt. Aber würde er auch tatsächlich bei *uns* klingeln und nicht bei Müllers oder Meiers? Er klingelte bei uns und wir nahmen freudig erregt, aber noch beherrscht, Kartons in Empfang, die in helles Einschlagpapier mit der Aufschrift „Geschenksendung – keine Handelsware" gewickelt waren.

Und nun konnte es ganz hart für uns Kinder kommen: Wenn nämlich einer vom Haushaltsvorstand fehlte, mussten wir stundenlang warten, wurden doch dann die Pakete allen Ernstes erst am Abend ausgepackt. Und dabei zeigten sich sehr genau die verschiedenen Exemplare der Spezies Mensch. Der eine zerschnitt forsch die Schnur, zerriss das Papier und begann mit der Schatzsuche. Der andere (und dazu zählte leider mein Vati) löste jeden Knoten einzeln und wickelte ordentlich den Bindfaden auf. Dann nahm er das Papier vom Karton und faltete es exakt zusammen – man konnte das alles ja noch einmal gebrauchen. Die Spannung stieg für uns ins Unermessliche.

Nun endlich wurde das Behältnis aufgeklappt und ein unbeschreiblich schöner, ein typischer Westpaket-Geruch strömte uns entgegen. Sehen konnten wir aber immer noch nichts, denn ein Bogen Papier war fein säuberlich über alle Köstlichkeiten gelegt. Nur ein handgeschriebener Zettel, das Inhaltsverzeichnis, lag obenauf ... keine Chance den Geheimnissen auf die Spur zu kommen, Mutti nahm ihn sofort an sich. Aber dann war es so weit, jetzt konnten wir endlich unsere ganze Aufmerksamkeit auf das Auspacken richten: Backzutaten, Kaffee und Kakao, streng durch Strumpfhosenpakete und Apfelsinen von der Seife getrennt. Schokolade, oh, so viele Sorten, Zigaretten, Puddingpulver, Nivea-Creme, Lebkuchen, Schokoladenbaumbehang (der mit den bunten Streuseln drauf) und Lametta, das gute schwere Bleilametta, wie schön!

Es gab so eine gewisse „Grundausstattung", über die wir uns alle schon sehr gefreut haben. Aber wenn dann für jeden noch ein paar spezielle Dinge eingepackt waren wie zum Beispiel für Mutti ein Fläschchen Tosca, für meinen Bruder ein Matchbox-Auto und für mich ein schicker Pullover, dann hatten sich die ganze Spannung und das ewiglange Warten wirklich gelohnt.

Erna tropft

Ende der 60er-Jahre war auch in Leipzig der Baby-Boom deutlich zu spüren. Die Schülerzahlen stiegen unaufhaltsam an, in den Schulen wurde es langsam eng, also mussten neue her. Im Norden der Stadt baute man eine Erweiterte Oberschule (EOS), die Schüler von der Jahrgangsstufe 9 bis zur Jahrgangsstufe 12, also dem Abitur, führte. Es war ein ungewöhnlicher Plattenbau, der Einzige seiner Art damals in Leipzig. Er bestand aus vier Gebäudeteilen, die so aneinandergesetzt waren, dass sie einen quadratischen Innenhof schufen. Dieser wurde dann durch das fünfte Gebäudeteil nochmals getrennt, sodass zwei Höfe entstanden. Das angepflanzte Grün wucherte bald gen Himmel und verlieh den sonst etwas tristen Betonhöfen etwas Gemütliches, Entspannendes.

Die Jugendlichen nahmen diese Oasen dankbar an – in den Pausen, aber auch abends wurden sie zu beliebten Treffpunkten. Jedenfalls im Frühling, im Sommer, im Herbst und im … nein, im Winter eher weniger. Im Winter hatten nicht nur die Höfe, sondern die gesamte Schule ein Problem. Mit dem Winter standen nämlich das schuleigene Heizhaus samt Heizer sowie alle angeschlossenen Heizkörper regelmäßig auf Kriegsfuß. Sieger blieb fast immer der Winter, sprich, die Heizung funktionierte nicht. Mit den Jahren gewöhnte man sich daran und arrangierte sich. So blieben Schüler und Lehrer für eine gewisse Zeit vormittags einfach zu Hause, um nach Unterrichtsschluss an der heutigen Sport-Mittelschule in herrlich warmen Räumen den Unterricht als Spätschicht zu genießen. Aber das war die Ausnahme – meist fror man einfach nur in diesem architektonischen Ausnahmebau.

Hin und wieder gab es aber doch einen Silberstreifen am Horizont. Wie eines klirrend kalten Abends Ende der 70er-Jahre, als sich ein LKW voll beladen mit sonst unauffindbarem Koks in unsere schöne Stadt verirrte. (Ein Hinweis für alle Spätgeborenen: Koks ist ein Brennstoff aus Steinkohle mit einem viel höheren Brennwert als die damals handelsübliche Braunkohle.) Der LKW mit seiner kostbaren Fracht geriet auf irgendeine Weise in die Fänge des Schulrates, der sich an seine frierenden Schüler und Lehrer in dem schönen Eispalast im Norden der Stadt erinnerte. Flugs telefonierte er mit dessen Schuldirektor, damit der die unverhoffte Beute sofort bunkern konnte. Aber weder Schulrat noch Schuldirektor kannten den LKW-Fahrer und versäumten es, ihn ordnungsgemäß einzuweisen mit dem Ergebnis, dass er seine Fracht nur bis zum Heizhaus fuhr und dort ablud. Punkt. Schluss. Nicht einen Handgriff mehr. Wie der Koks nun in das Heizhaus selbst gelangen sollte, interessierte ihn nicht. Er legte sehr nachdrücklich und ultimativ eine Uhrzeit fest, wann er den Laster wieder abholen würde und ging seiner Wege. So geschehen in den frühen Abendstunden, kurz vor der besten Fernsehzeit.

Der Direktor hatte selbstverständlich Telefon und einen Stellvertreter, der, für die damalige Zeit nicht so selbstverständlich, ebenfalls ein Telefon besaß. Sie brauchten nur kurz miteinander zu sprechen, um resignierend festzustellen, dass viel zu viel wertvolle Zeit vergehen würde, bevor sie andere telefonlose Kollegen zu dieser Nachtschicht aktivieren könnten. Das Ultimatum würde ungenutzt ablaufen, der zu allem entschlossene LKW-Fahrer würde den Koks oder zumindest Teile davon wieder mitnehmen – nein, das durfte nicht geschehen! Wild entschlossen eilten der Direktor und sein Stellvertreter zur Schule und schaufelten und schaufelten und schaufelten Koks. Vom Staub gezeichnet, kreuzlahm, aber glücklich in der Vorfreude auf warme Klassenzimmer, fuhren sie spätabends heim.

Als der Heizer zu seinem Arbeitsbeginn das wertvolle Schwarz sah, traute er seinen Augen nicht – das er solch ein Wunder noch erleben durfte. Aber seine Freude hielt nicht lange an, denn die Rohre und Heizkörper des „Schmuckbaus" holten ihn sehr schnell in die bitterkalte Realität zurück: Sie waren schlicht und ergreifend eingefroren. Was tun?

Der gute Mann aus dem Heizhaus war sich sicher, dass nur durch langsames und vorsichtiges Auftauen das Platzen von Rohren oder sogar Heizkörpern vermieden werden konnte. Also taute er langsam und vorsichtig auf – aber es tat sich nichts. Den lieben langen Tag spürte niemand auch nur den Hauch von Wärme. Wieder mussten Lehrer und Schüler für einen Tag Unterricht als Untermieter in die Sportschule.

Aber damit noch nicht genug. Das vorsichtige Erwärmen musste die folgende Nacht hindurch weitergehen und alle Heizkörper in regelmäßigen Abständen überwacht werden. Sie, die Heizkörper, reagierten allerdings unwirsch auf dieses Tun und fingen mit zunehmender Heftigkeit an zu tropfen. In Ermangelung geeigneter Handwerker blieb nichts anderes übrig, als dass die Lehrer das Kontrollieren der Heizkörper und vor allem das Wischen übernahmen, um Schlimmeres zu verhüten.

Die ganze Nacht hindurch ging das so, wobei die Intensität des Tropfens in der zweiten Nachthälfte von Heizkörper zu Heizkörper stark variierte. Da ja nun unsere Pädagogen (meistens) clever sind, entwickelten sie eine Strategie, damit nicht jeder Kollege jeden Heizkörper in jeder Etage ablaufen musste: Sie meldeten bei ihrer Rückkehr ins Lehrerzimmer dem nächsten Kontrollgänger, wo welche Heizkörper am stärksten tropfen und welche beim kommenden Kontrollgang ausgelassen werden konnten. Unmerklich ging man in der Konversation dazu über, nicht mehr die Zimmernummern oder die Lage der Heizkörper in den Gängen zur Orientierung und Beschreibung zu benutzen, man gab den Heizkörpern Namen. Es waren die Vornamen der hauptsächlich dort unterrichtenden Lehrerinnen und Lehrer, die herhalten mussten. Am hartnäckigsten tropfte es in dem Raum, in dem Erna K. unterrichtete, sodass sich der Ruf „Erna tropft" bei allen Beteiligten fest ins Gedächtnis eingegraben hatte.

Als Wolfgang Lippert, genannt Lippi, ab 1983 mit seinem Lied „Erna kommt, Erna kommt … und wenn sie sagt, sie kommt, kommt sie prompt" ständig zu hören war, wechselten die Kollegen bedeutungsvolle Blicke und ein amüsiertes Grinsen machte die Runde.

Ach, übrigens bedankte sich der Schulrat für das Koksschippen bei seinen beiden Direktoren mit jeweils drei Tulpen – weiß der Teufel, wo er die im Winter aufgetrieben hatte. Und: Inzwischen wurde das Schulgebäude samt Heizhaus abgerissen.

So ging uns ein Licht auf

Familie T. erging es in den Wirren nach dem Zweiten Weltkrieg, Ende Oktober 1946, wie so vielen Menschen, sie mussten flüchten und kamen von Schlesien nach Leipzig. Drei Wochen Lagerleben in „Mätzschkers Festsälen", wo einst getanzt und gefeiert wurde. Drei Wochen auf engstem Raum ohne jegliche Privatsphäre – das war doch sehr belastend. Aber dann bekamen sie zwei Zimmer bei einem sehr netten Ehepaar in Marienbrunn zugewiesen und die Welt sah schon gleich viel freundlicher aus, auch wenn öfter mal der Strom ausfiel und sie im Dunklen saßen. Kerzen hätten Licht bringen können, waren aber außerordentlich rar. Was tun? Der Zufall wollte es, dass der Mann der freundlichen Vermieter Ingenieur war und in einer Öl-Firma arbeitete. Dort gelangte er, wie auch immer, an Wachsplatten, die ja schon mal eine gute Voraussetzung für die Herstellung von Kerzen waren. Also machte sich Frau T. als „Ich-AG" ans Werk. Es war ein mühsames Tun, denn es hieß für sie: eintauchen, fest werden lassen, eintauchen, fest werden lassen … Stundenlang. Das Problem der Dochte löste sie durch die clevere Idee, Fransen eines ausgedienten Baumwollstores zu verwenden.

Perfektioniert wurde das Ganze mithilfe des Schwagers, der samt Familie in Ilmenau wohnte und Glasröhrchen in verschiedenen Größen und Stärken besorgen konnte. Ja, Glück, wenn man Familienangehörige in einer Stadt mit Glasindustrie hat …

Auf jeden Fall ging jetzt allen im Hause der Familie T. zu jeder Zeit ein Licht auf – auch bei Stromsperre.

Hier geht es um die Wurst

Selbst während der ersten Kriegsjahre konnten die Leipziger sich trotz aller Einschränkungen an ihrem Weihnachtsmarkt erfreuen. Dicht gedrängt standen die Buden auf dem Markt sowie auf dem Augustusplatz, auf dem sogar Bäume fürs Fest verkauft wurden. Überhaupt war das eine gute Gelegenheit, mal etwas Besonderes zu erhaschen, was regulär kaum noch zu bekommen war. Die Männer waren an der Front und nun lag es allein an den Frauen, besonders den Kindern und den Eltern und sich selbst ein wenig Festtagsstimmung zu zaubern.

Ella war damals kein Mädchen mehr und noch nicht Frau, aber sie war dienstverpflichtet. Das störte sie nicht weiter, sie hatte Schreibarbeiten zu erledigen und ihr Arbeitsplatz befand sich im Stadtzentrum. Es hätte wahrlich schlimmer kommen können. Eines schönen Tages im Dezember hatte sie Feierabend und lief wie immer auf der Grimmaischen Straße in Richtung Augustusplatz. Dort stieg sie dann in die Straßenbahn ein, um nach Hause zu ihren Eltern zu fahren.

An diesem Abend aber kam „ihre" 15 etwas zu früh die Goethestraße hoch und bog um die Ecke. Für Ella hieß das, wenn sie nicht 20 Minuten warten wollte, musste sie sich sputen und sie rannte los. Sie hatte einen hübschen Rock an und natürlich lange dicke Strümpfe, nicht gerade die passende Kleidung für einen kurzen, aber schnellen Sprint. Was die Situation für das arme Mädchen dramatisch verschärfte, waren die winterlichen Verhältnisse. Nachdem es kräftig geschneit hatte, setzte nun Tauwetter ein. Die Pfützen waren zahlreich, groß und tief. Prompt trat Ella punktgenau in eine hinein – und ihr stockte kurzfristig der Atem: Es fühlte sich eklig, nass und kalt unter ihrem Rock an. Und das Schlimmste, die 15 war weg.

Ein paar nicht jungmädchengerechte Flüche hinterhergeschickt, kurz überlegt und entschieden: „Dann schlendere ich eben über den Weihnachtsmarkt, bis die nächste 15 kommt." Gedacht, getan. Ella setzte sich, auch um nicht „untenherum" zu erfrieren, in Richtung Mendebrunnen in Bewegung. Sie schaute mal hier und guckte mal da, bis eine große Losbude ihre Aufmerksamkeit erweckte. Zum Trost könnte ich eigentlich mal ein Los ziehen, dachte sie sich und suchte in ihrer Tasche das passende Geld. Nässe und Kälte waren für einen Moment vergessen.

Beherzt griff sie in den Behälter mit den vielen bunten Papierröllchen, nahm eins heraus, öffnete es und las etwas von einem Gewinn. Sie freute sich still, immer ein Auge auf die Straßenbahnhaltestelle werfend. Nein, die nächste 15 war noch nicht in Sicht. Sie gab ihr Los etwas zögerlich dem Budenbesitzer und überlegte kurz, worüber sie sich bei den vielen bunten Dingen, die vor ihr standen, wohl am meisten freuen würde. Plötzlich wurde sie aus ihren Gedanken gerissen, denn der „Chef im Ring" erhob seine Stimme in einer derartigen Lautstärke, dass alle Besucher ringsum zusammenzuckten: „Meine Herrschaften, komm se ma ran hier, komm se ma her. Gucken sich ma das kleene Frollein hier an. Na, gucken se ruhig, die beißt nisch." Ella wäre vor Scham am liebsten in den Boden versunken. Was soll denn das, was will der von mir? Warum gibt er mir nicht einfach nur meinen Gewinn? Und – ach, verdammt, da kommt auch schon meine 15 …

„Ja, Frolleinchen, da sin se blatt, was? Sie ham nämlich was ganz Dolles gewonnen, sozusagen den Hauptgewinn. Jawohl. Meine Herrschaften, komm se ma ran hier …" Nein, nicht schon wieder, mir ist kalt, ich will nach Hause, dachte die entsetzte Ella. Endlich hatte der Losbudenbesitzer ein Einsehen mit ihr und überreichte Ella den Preis: Es war eine riesige leckere Zervelatwurst. Und das mitten im Krieg! Die nächste Straßenbahn in Richtung Meusdorf war mit einem glücklichen „Frollein" nebst Zervelatwurst besetzt.

Der lange Weg eines Weihnachtshits

Im Liederschatz unseres Volkes gibt es Klänge und Verse, die oftmals jahrhundertealt sind und sich aus dem unerschöpflich fließenden Born der Volksfantasie stets verjüngen. Zu ihnen gehören zahlreiche Weihnachtslieder, darunter als eines der schönsten und schlichtesten das unverwüstliche Kinderlied vom Tannenbaum. Es ist uralt und Generationen haben an ihm gedichtet. Man sang es schon, lange bevor unser Weihnachtsfest den Lichterbaum überhaupt kannte.

Als das Tannenbaumlied zum ersten Mal auftauchte, war es kein Kinderlied – weder dem Wortlaut nach noch der Musik. Es ging als „Fliegendes Blatt", als Zetteldruck in der Frühzeit des Buchdrucks von Hand zu Hand und erfreute die Menschen, weil es die Beständigkeit der winterharten Nadeln pries: „O Tanne, du bist ein edler Zweig,/du grünst den Winter und die liebe Sommerzeit./Wenn alle Bäume dürre sein,/so grünest du, edles Tannenbäumlein." Von diesem ältesten Tannenbaumlied aus der Zeit um 1550 berichtete Ludwig Uhland in seiner Volksliedersammlung. Und da gehörte es wahrlich hin, denn in seiner treuherzigen Unbeholfenheit offenbarte sich das Lied als ein echtes Volkslied. Dem besinnlichen Text gesellte sich später eine ebenso besinnliche Melodie in Moll hinzu, die Melchior Franck, ein sächsischer Komponist, um 1620 ersann.

Verschiedene überlieferte Fassungen lassen erkennen, dass „Der grüne Tannenbaum" zeitweise sogar ein beliebtes Studentenlied war. Man sang es beim feuchtfröhlichen Umtrunk und schwang gelegentlich das Tanzbein dazu. Die nie welkenden Blätter boten sich ebenfalls gut als Sinnbild für Liebe und Treue an. Uhlands Versuch diesbezüglich fiel folgendermaßen aus: „O Tannenbaum, du edler Reis!/Bist Sommer und Winter grün./So ist auch meine Liebe: /Die grünet immer hin."

Noch herzlich-schmerzlicher wandelte der Potsdamer Musikus August Zarnack den Text um. Während die erste Strophe die mit geringer Abweichung noch heute gesungene Form erhielt, stellte der Dichter in der zweiten den Tannenbaum völlig beiseite und dafür ein Mägdelein in den Mittelpunkt. In Zarnacks 1820 erschienenen „Volksliedern" präsentierte sich das Tannenbaumlied der Öffentlichkeit dann erstmals in dieser neuen Form: „O Tannenbaum, o Tannenbaum,/wie treu sind deine Blätter;/du grünst nicht nur zur Sommerzeit,/nein, auch im Winter, wenn es schneit./O Mägdelein, o Mägdelein,/ wie falsch ist dein Gemüte;/du schwurst mir Treu in meinem Glück,/nun arm ich bin, gehst du zurück!" Diesem Liebeslied gab Zarnack die im Wesentlichen noch heute gebräuchliche Melodie. Und siehe da, auf einmal war es ein Hit, gern und viel gesungen, besonders von der Jugend. Aber das sahen die Pädagogen nicht gern, denen der Text zu viel von der Liebe enthielt …

Ein Pädagoge war es denn auch, der die Verse abermals umschrieb und ihnen die endgültige Fassung gab: Gebhard Salomo Anschütz, der bis 1861 als Bürgerschullehrer und Organist an der späteren Matthäikirche in Leipzig lebte. Er hatte sich bereits als Gestalter vielgesungener Volks- und Kinderlieder einen Namen gemacht – darunter waren solche Klassiker wie „Fuchs, du hast die Gans gestohlen" oder „Es klappert die Mühle am rauschenden Bach" oder „Wenn ich ein Vöglein wär" und, und, und.

Bei der Umarbeitung des Tannenbaumliedes übernahm Anschütz die erste Strophe von Zarnack fast wörtlich. Nur an der Stelle von „treu" setzte er bezeichnenderweise „grün" ein. Aber erst in den beiden folgenden Strophen erhob er das Lied zum eigentlichen Weihnachtslied, das Trost und Hoffnung schenkt. Es ist die alte und ewig junge Verheißung der Wintersonnenwende, die in den Versen lebt.

Fast dreihundert Jahre wurde an dem alten Lied gefeilt, geändert und gebessert, bis es ein Volksdichter zu einem richtigen Weihnachtslied machte. Anschütz beendete die Umarbeitung 1824. Im selben Jahr erschien die neue Fassung vom immergrünen Tannenbaum mit der alten Melodie in seinem „Musikalischen Schulgesangbuch" im Verlag C.H. Reclam. Von Leipzig aus begann das Lied nun seinen Triumphzug durch die Welt.

Wie peinlich

Fangen wir mal mit dem Positiven an. Rudolf hatte im Winter immer einen warmen Kopf und warme Füße. Zum einen trug man zum Kriegsende Skimützen, mit denen man sich eigentlich ganz gut sehen lassen konnte. Und zum anderen war sein Großvater Schuhmacher, sodass es jedes Jahr zu Weihnachten ein paar neue Schaftstiefel gab. Wo er in den schweren Zeiten das Leder auftrieb, blieb für alle Zeiten sein Geheimnis. Aber dazwischen, also zwischen Kopf und Füßen, da lagen vor allem für die Jungs die wirklichen Probleme. Die ersten langen Hosen gab es nämlich erst zur Konfirmation. Rudolf wähnte sich als Glückspilz, denn als er mit neun Jahren an der Heiligen Kommunion teilnahm, erhielt er einen „langen" Matrosenanzug. Aber zu früh gefreut, der Anzug wurde nur bei besonderen Anlässen freigegeben. Rudolf blieb also nichts anderes übrig, als sich in die Schar all derer einzureihen, die im Winter kurze Hosen und gewirkte lange Strümpfe trugen, eventuell noch kombiniert mit ein paar Söckchen in den hohen Schuhen.

Das wahre Elend waren die Strümpfe, denn die wurden an einem merkwürdigen Kleidungsstück namens „Leibchen" befestigt. Das verhasste Leibchen war eine Art Mieder, an dem für jeden Strumpf zwei Gummibänder befestigt waren, die die Strümpfe am oberen Rand straff halten sollten. Aber da war der Wunsch mehr der Vater des Gedanken, denn erstens können zwei Gummibänder nie einen dicken, kratzigen und potthässlichen Strumpf straff halten und zweitens lösten sich die Strumpfhalter bei jeder Bewegung. Ergo – die Strümpfe „zogen Wasser", sprich – sie hingen irgendwo zwischen Kniekehle und Wade. Wie peinlich.

Für Rudolf ist es bis heute unbegreiflich, wie es ihm gelang, diese Kleidungsstücke bei Fliegeralarm so schnell anzuziehen. Er weiß eigentlich nur noch, dass er bei den ersten Tönen der Sirenen in eine Art Schreckstarre verfiel und ohne es wahrzunehmen, die Treppe zum Keller hinunterlief. Und das war dann keineswegs peinlich, sondern tragisch.

Das Weihnachtsgeschenk

Leipzig ist die Musikstadt in Deutschland schlechthin. Bach, Schumann, Wagner, Telemann, Mendelssohn-Bartholdy, Gewandhaus, Thomaner, Die Prinzen … Aber nicht nur im großen Stil wurde und wird in Leipzig musiziert, sondern auch die Kleinkunstszene ist in unserer Stadt zu Hause. Ein Beleg dafür ist die Geschichte „Das Weihnachtsgeschenk" von Michael Sawka aus dem bekannten Büchlein „Die Künstler-Arche. Skizzen aus der Leipziger Bohème" (1900), mit der ich Sie nun unterhalten möchte:

Die Verlobung Lemmermanns war Thatsache geworden! Er ging strahlenden Antlitzes umher, die lauten Bemerkungen, daß wenn Liebiger das Porträt nicht so schmeichelhaft auf die Leinwand hingezaubert hätte, die Verlobung gar nicht zustande gekommen wäre, stolz ignorierend. Es war purer Neid von den Leuten.

Das Weihnachtsfest nahte heran. Da erhielt eines Tages Lemmermann aus Schönheide – sein Vater war dort Beamter – sechzig Mark, um für seine Braut ein Weihnachtsgeschenk kaufen zu können. Der Cellist fiel dem Postboten gerührt beinahe um den Hals.

„Was soll ich meiner kleinen, süßen, herzigen Maus kaufen?" frug er, mit den Goldstücken klimpernd. Liebiger erbot sich, um diesen Betrag das Porträt der süßen Maus nach einer Photographie in zwei Tagen auszuführen.

„Nein, es muß etwas von Gold sein!"

Klein, der eine niedliche Winterlandschaft soeben beendet hatte, die auf der Staffelei prangte, wies auf die Leinwand: „Du fragst noch? Hier pinsle ich dir Deine süße Maus mit Muff und Schlittschuhen hin. Kann's denn was Schöneres geben?"

Lemmermann wehrte ab und blieb hartnäckig dabei, daß sein Geschenk von Gold sein müsse.

„Kaufe ein modernes, phantastisches Armband und den Rest stifte zu einem opulenten Frühschoppen", meinte der praktische Bacio. „Du schuldest uns ohnehin noch den versprochenen Verlobungsschmaus."

Der Cellist erhob beschwörend beide Hände. „Kein Pfennig wird davon angerührt! Was denkt Ihr denn? Es ist die Tochter eines Chemnitzer Fabrikanten; unter diesen Umständen sind sechzig Mark noch zu wenig. Das werdet Ihr doch begreifen."

Nein, das konnten sie nicht begreifen.

„Kein Pfennig wird davon angerührt", beteuerte der Cellist hoch und heilig.

Der Münchner, die Thüre hinter sich kräftig zuschlagend, erschien ebenfalls auf dem Plane. „Nun, wohin gehen wir, Lemmermann", frug er; „in den Thüringer Hof, nicht wahr?" Als Antwort präsentierte ihm Klein eine eiserne verrostete Sparbüchse, von riesigen Dimensionen, die zwei oder drei darin befindlichen Nickelmünzen schüttelnd. „Heftiges Zuschlagen der Thüre wird jederzeit mit zehn Pfennig bestraft. Merke dir das, mein Sohn."

Nach langem Sträuben und eindringlichem Zureden erlegte der Münchner den Strafbetrag. Als er aber erfuhr, daß Lemmermann von dem erhaltenen Gelde keinen Pfennig anrühren wollte, weil sein Geschenk von Gold sein müsse, verlangte er sofort den Nickel zurück. Er bat, drohte – vergebens!

Lemmermann tröstete ihn: „Dafür nehme ich Dich zum Einkauf des Weihnachtsgeschenkes mit." Diese trostreiche Versicherung brachte dem Cellisten Beifall ein; man erklärte sie für den besten Witz, den er jemals im Leben verbrochen habe. Aber wie so oft Unbegreifliches Thatsache wird, so auch hier: Abends wanderten Lemmermann und der Münchner friedlich Arm in Arm zusammen auf die Suche nach dem Geschenk, begleitet von den Segenswünschen der Zurückgebliebenen.

In der Grimmaischen Straße musterte Lemmermann die im elektrischen Lichte erstrahlenden Juwelierläden. Wie das funkelte und glitzerte – die Augen thaten ihm förmlich weh. Der Münchner riet, Brillanten zu kaufen. Lemmermann war so tief in Gedanken versunken, daß er die schnoddrige Bemerkung gar nicht aufgriff. Er seufzte. Nur rasch fort von hier; was nützte das Ansehen – er konnte ja nichts von diesen Herrlichkeiten für seine süße Maus erwerben. Man mußte einen kleinen Laden irgendwo in der Hain- oder Katharinenstraße aufsuchen.

Sie kamen an dem Stadtkeller vorbei; Musikklänge tönten ihnen entgegen. Hier konzertierte die russische Damenkapelle „Czarina". Der Münchner gab den Arm

Lemmermanns frei. „Nun magst Du Dir das Weihnachtsgeschenk allein aussuchen; ich bleibe hier … Die Musik könntest Du Dir übrigens auch mal anhören; es wird ganz nett gespiellt."

Der ehemalige preisgekrönte Schüler des Konservatoriums zuckte geringschätzig die Achseln. „Und schön sind die Mädchen – wahre Prachtgestalten", fuhr der Münchner unbeirrt fort. Der neugebackene Bräutigam zuckte noch geringschätziger die Achseln. Er hielt es für seine Pflicht, dem Maler vorwurfsvoll zu erklären: „Mein Lieber, ich begreife dich nicht; wie kann man ganz wildfremden Weibern nur so nachlaufen? Du hast versprochen, bei der Auswahl des Geschenkes mir behilflich zu sein – ich gebe etwas auf Deinen Geschmack."

„Komm doch mit auf ein halbes Stündchen, später wird's hier zu voll, zu ungemütlich."

„Aber nur eine halbe Stunde."

„Natürlich, Du kennst mich ja."

Lemmermann unterdrückte eine ironische Bemerkung und folgte schweigend dem Maler. Dieser geriet über die malerischen Kostüme und deren Trägerinnen in Ekstase. Der Cellist verhielt sich sehr reserviert. Nun ja, sie spielten nicht übel, waren auch recht hübsch … Der Maler reichte ihm das Programm, auf dessen Rückseite er mit einigen Strichen den Kopf der Primgeigerin geradezu meisterhaft skizziert hatte, und frug: „Gut getroffen?" Lemmermann warf einen flüchtigen Blick auf das Blatt. „Nun, Uebung hast Du in solchen Dingen."

Er wendete das Blatt um; sein Auge blieb wie gebannt auf dem selben haften, und er sagte leichthin, doch innerlich vor Freude bebend: „Hm … da stehe ich ja auf dem Programm." Der Münchner riß ihm das Blatt aus der Hand. Richtig – da konnte man schwarz auf weiß lesen: „Nr. 3 Vineta-Lied von Lemmermann."

Durch welchen Zufall das Vineta-Lied, das Lemmermann erst vor einigen Wochen als selbständiges Opus 7 herausgegeben hatte – er selbst wunderte sich wohl am meisten, daß er einen Verleger fand – in das Repertoire der „Czarina"-Kapelle Aufnahme fand, blieb unaufgeklärt.

Da die dritte Programmnummer bereits absolviert war, so ersuchte Lemmermann Wiederholung des Musikstückes. Die Hälschen der Musikerinnen reckten und streckten sich, und ein Wispern und Raunen ging durch die Schaar: „Der Komponist!" Bald war Lemmermann der Mittelpunkt des allgemeinen Interesses geworden. Die Wiedergabe des Vineta-Liedes befriedigte Lemmermann in hohem Maße. Er mußte sich dafür erkenntlich zeigen, also wanderten Blumen, Bier, Wein und ähnliche schöne Dinge, die das Herz jeder schönen Spielmaid erfreuen, zu den Mitgliedern der „Czarina"-Kapelle.

Der pfiffige Wirt versprach Lemmermann, das Lied im zweiten Theile des Programmes nochmals wiederholen zu lassen, wenn er diesem Spaß mache, selbst zu dirigieren. Natürlich war Lemmermann bereit; und mit dem graziösesten Lächeln reichte ihm die Primgeigerin ihr Instrument. Der überglückliche Komponist hätte vor Freude den Wirt, die ganze Musikkapelle umarmen mögen. Da der erstere sich jedoch geschäftig entfernte, um rasch ein Plakat: „Konzert unter Leitung des Komponisten" fertigzustellen und das Umarmen der Musikkapelle doch etwas umständlich war, so hielt sich der begeisterte Komponist an die erste Geigerin, küßte sie auf die Stirne und nannte sie seine „Muse". Der Münchner raunte ihm zu: „Mir hältst du eine Moralpredigt und selbst küßt du die Mädchen – hast du das von mir jemals gesehen?"

Lemmermann schwamm in einem Meer von Wonne, er dirigierte, spielte mit, berauschte sich an dem Beifall, soupierte im Kreise der Russinnen und führte schließlich nach dem Konzert seine „Muse" in einer Droschke nach Hause, während der Münchner die Cellistin unter seine Obhut nahm und sie während der Fahrt nur auf den Nacken küssen wollte – mit den rothen Korallenlippen gab sich der Nimmersatt nicht mehr zufrieden …

Gegen drei Uhr morgens schlenderten Lemmermann und der Maler, gemütlich plaudernd, ihrer Behausung zu. Da schlug sich der erstere, plötzlich stehen bleibend, mit der Hand vor die Stirne: „Mensch, um Himmelswillen, mein Weihnachtsgeschenk!"

„Wir kaufen es heute", begütigte der Maler.

„Aber das Geld – das Geld! Ich habe mit dem letzten Zehnmarkstück die Droschken bezahlt." Die Macht der Musik, die ihn packte, als er seinen Namen auf dem Programme las, hatte ihn alles vergessen lassen.

„So, so", sagte der Maler gelassen. Die Thatsache, daß das Geld im Handumdrehen ausgegeben war, trotzdem „kein Pfennig" davon angerührt werden sollte, schien ihn nicht sehr in Erstaunen zu setzen.

Am nächsten Tag rang Lämmermann verzweifelt die Hände. Ein Königreich für ein Weihnachtsgeschenk! Er klopfte schüchtern bei Liebiger an, ob dieser nicht das Porträt noch fertigstellen könne? Vergeblich, die Zeit war zu kurz. Und die Landschaft Kleins, mit der er jetzt zufrieden gewesen wäre, auch ohne seine kleine, süße Maus mit Muff und Schlittschuhen darauf, war bereits im Kunstsalon Mittenzwey ausgestellt.

Endlich stöberte der Münchner, den der Jammer des Cellisten rührte, in einem Winkel des Ateliers ein altes, verstaubtes und beschmutztes Aquarell auf, das das Leipziger Rathaus darstellen sollte. Da schoß ihm ein Gedanke durch den Kopf. Jetzt wird das neue Rathaus gebaut, das alte verschwindet wahrscheinlich bald, ebenso wie die Pleißenburg vom Erdboden verschwunden ist. Das Bildchen war also aktuell geworden und paßte ganz gut als Gelegenheitsgeschenk. Er frischte das Aquarell auf und brachte die Inschrift an: „Das alte historische Leipziger Rathaus". Und mit diesem Weihnachtsgeschenk reiste Lemmermann bedrückten Gemütes nach Chemnitz zu seiner Braut. Wider alles Erwarten fand das Geschenk großen Anklang, ja es wurde ihm sogar ein bevorzugter Platz im Salon angewiesen, wo es noch heute prangt.

So weiß man nie, wie und wann etwas zu Ehren kommen kann.

Budentreiben

Städte wie Frankfurt, Augsburg und Nürnberg waren Vorbild für Leipzig. Besonders die Händler aus Nürnberg wirkten äußerst anregend auf unsere Stadt, die dabei natürlich ihre eigenen wirtschaftlichen Interessen nicht aus den Augen verlor. Keine Angst, das wird keine Nachwendegeschichte. Das, was ich meine, spielte sich vor rund 230 Jahren ab: die Gründung des Leipziger Weihnachtsmarktes. Im Jahre 1785 lesen wir nämlich zum ersten Mal von einer weihnachtlichen Verkaufsbudenstadt in Leipzig – angeregt durch Städte wie Frankfurt, Augsburg …

Über viele Jahre begann das Budentreiben erst vier Tage vor dem Fest. So wie heute drängten sich schon damals die Menschen durch die engen Gassen der Holzwände und staunten nicht schlecht, was es alles zu kaufen gab. Da standen Karren mit Nüssen, Äpfeln und Röstkastanien, aus kleinen Fässern wurde italienischer Süßwein gezapft und um die Jahrhundertwende fand man alles, was Handel und Handwerk herbeischaffen konnten. Neben den Buden mit Spielzeug und Lebkuchen standen Betten, Truhen, Tische und Stühle zum Verkauf. Sinn für das praktische Geschenk hatte um 1800 zum Beispiel schon eine Leipziger Firma, die „Büttners Ofenbeine als zierliches Festgeschenk, direkt von Stettin importiert" auf dem Weihnachtsmarkt anbot. Aber auch das überliefert die Chronik: „Steht da ein altes Weib hinter einem Tisch, welcher mit Mißgeburten von Puppen besetzt ist; an jeder hänget ein Laufzeddel mit Versen, die sich jeder Wiedergabe entziehen. Diese Puppen finden reißenden Absatz, und selbst Leute, die viel von sich halten, kaufen solche Wechselbälger …"

Aber nicht nur das Kaufen im Lichterzauber war und ist es, was den Weihnachtsmarkt ausmacht, sondern auch jede Art der Belustigung, der man mit roter Nase, klammen Fingern und fröstelnden Füßen beiwohnen kann. Schauen wir mal 180 Jahre zurück. Bäckerjungen balancierten Weihnachtsstollen auf dem Kopf, Marionetten- und Taschenspieler zeigten ihre Kunst und man versuchte sein Glück bei den „Glückstöpfen". Den meisten Zulauf aber hatten stets die Bänkelsänger, die mit einem Stock auf die mit grellsten Farben bemalte Leinwand schlugen und dazu mit kreischender Stimme die „neueste greuliche Moritat" besangen. Außerdem zeigten zahlreiche zugewanderte Musikanten ihre Künste auf dem „polnischen Bock", dem Dudelsack, dem Brummeisen, dem Leierkasten und dem Hackebrett.

Um 1860 dauerte der Weihnachtsmarkt bereits eine ganze Woche. Zu den „Pflaumentoffeln" und schnurrenden „Waldteufeln", den Holz- und Blechpfeifen, den Puppen mit Wachsköpfen, den buntbemalten Hampelmännern und den beliebten Spanschachteln mit allerlei Getier für die Kinder gesellten sich als bewunderte

Neuigkeit die ersten Mund- und Ziehharmonikas, die aus Markneukirchen kamen. Sogar ein Glasbläser vom Rennsteig zeigte öffentlich seine erstaunliche Kunst. War der Markt mit den Buden gleichsam das Herz des Weihnachtsmarktes, so wurde nun der Augustusplatz mehr und mehr zum Mittelpunkt des Handels mit Weihnachtsbäumen. Später kamen noch Losbuden und andere, die weihnachtlich gestimmten Herzen höherschlagen lassende Erbaulichkeiten dazu.

Mit der Eröffnung des Neuen Theaters 1886 erhob sich dessen weithin leuchtende Front über dem Wald der immergrünen Bäume. Die stammten übrigens alle aus der holzreichen Umgebung Leipzigs. Und jeder Käufer erhielt zu seinem erworbenen Weihnachtsschmuck gratis ein solides Holzkreuz.

Untrennbar mit dem Leipziger Weihnachtsmarkt ist die Turmmusik verbunden, die einst wie heute vom Balkon des Alten Rathauses herabschallt.

Aber auch die Thomaner trugen seit jeher zur Erhöhung der Weihnachtsstimmung bei. So zogen sie einst am 11. November, also dem Martinstag, singend durch die Gassen. Als Dank dafür erhielten die Knaben leckere Hörnchen geschenkt – die Martinshörner. Später wurden diese Singumzüge leider abgeschafft, aber die Konzerte der Thomaner sind auch heute noch für viele von uns ein fester Bestandteil und eine Oase der Besinnlichkeit in der oft zu hektischen Weihnachtszeit.

Weihnachtliches Heimweh

Von Friederike Güldemann

Österreich, Polen, Australien, Schweden, Spanien, Südafrika? Schon gar nicht so einfach, sich für ein Auslands-Semester zu entscheiden, wenn die eigene Hochschule mit so vielen anderen Partner-Universitäten kooperiert. Die Sprache muss passen und natürlich auch die Module, die in einem Semester angeboten werden. Man ist ja schließlich nicht zum Spaß dort …

Obwohl – das Wort „Spaß" und viele ähnlich gelagerte schossen mir blitzartig durch den Kopf, als ich im Frühjahr 2010 auf der hochoffiziellen Angebotsliste meines Lehrinstituts die Universität von Mauritius entdeckte. Na, wenn das keine Option für mich ist? Aber welche Sprache sprechen die dort eigentlich? Und bringen mir diese Lehrveranstaltungen für meinen Abschluss auch etwas? Und überhaupt … Ich glaube, mehr als hundert Fragen gingen mir damals gleichzeitig durch den Kopf. Aber da mich diese Idee nicht mehr los ließ, machte ich mich gleich daran, auf fast alle Fragen Antworten zu finden.

Ich sprach mit den zuständigen Dozenten, las Erfahrungsberichte von bereits dort gewesenen Studenten, erörterte das Ganze mit meinem Freund und meiner

Mama. Und irgendwie passten die Puzzleteile ganz wunderbar zusammen, sodass ich im August im Flieger nach Port Louis, der Hauptstadt von Mauritius, saß. Wohlgemerkt zum Studieren – na ja, und natürlich auch ein ganz klein bisschen, um dieses Urlaubsparadies kennenzulernen. Um es kurz zu machen: An der Uni ging es strenger zu als erwartet, dafür war die Insel noch schöner als ich sie mir vorgestellt hatte. Ich lernte tolle Leute aus aller Herren Länder kennen, und mein Freund konnte auch noch für einige Wochen auf dieses traumhafte Eiland kommen. Mein Glück war perfekt.

Fast – denn der Dezember rückte näher und näher und damit die Adventszeit. Nun werden manche sagen: Was ist die kalte graue Zeit im Dezember bei uns schon gegen Sonne und Strand, türkisblaues Meer und tropische Wildnis? Ja, schwer zu erklären, aber wenn man die Adventszeit so liebt wie ich, verspürt man unausweichlich ein kurzes weihnachtliches Heimweh. Und ich war da bei Weitem nicht die Einzige, im Gegenteil. So kauften wir uns zum Beispiel alberne Weihnachtsmann-Mützen, die in der verschärften Form blinkten, und trugen sie trotz 30 Grad und mehr am Strand.

Da meine Mama recht genau weiß, wie ich ticke, hat sie mir zu meiner großen Überraschung und Freude ein Adventspäckchen geschickt, was mir und dem mauritianischen Zoll sehr viel Spaß bereitete. Und da sie alles für sie Wichtige sammelt, existiert sogar noch meine Original-Antwortmail vom 29. November 2010:

„Hallo Mama, erst noch mal vielen Dank für dein Weih-nachtspäckchen. Auf der Post war das schon sehr lus-tig, wie da 3 Leute das Paket auseinandergenommen haben. Einer hat´s ausgepackt, einer hat´s angeguckt, der 3. hat aufgeschrieben, was es ist. Ich hab mich dann irgendwann umgedreht und nicht mehr hingeguckt. Die haben mich gefragt, ob ich denn was bestellt hätte oder so … Gestern hab ich dann alles schön dekoriert. Die silberne Girlande hängt über dem Fernseher, das Deck-chen liegt auf dem Wohnzimmertisch, da drauf steht die Kerze, und der Tannenbaum hängt am Ventilator-Anmach-Schalter, das Herz an meiner Tür. Das Geilste ist ja aber wohl die kleine Weihnachts-Schiefertafel, die steht jetzt bei uns in der Küche …"

Und wenn Sie jetzt fragen, was das alles mit Leipzig zu tun hat, dann hätten Sie dabei sein sollen, als ich am 23. Dezember vom Flughafen Frankfurt kommend auf dem Leipziger Hauptbahnhof eintraf. Mit allen Sin-nen und glücklich wie ein Kind habe ich diese wunder-schöne Weihnachtsdekoration genossen. Und am 24. bin ich extra noch mal in die Stadt gefahren, um die Reste des Weihnachtsmarktes zu bestaunen, die schön geschmückte Hainstraße zu sehen und überhaupt diese ganz besondere Leipziger Weihnachts-Atmosphäre zu spüren.

Das historische Etagenkarussell

Von Friederike Güldemann

Zu den Attraktionen des Leipziger Weihnachts-
markts gehört das Etagenkarussell der Familie
Fellner aus München. Seit 1993 war die Familie regelmäßig mit ihrem Kleinod zu Gast auf unserem Weihnachtsmarkt. Das Etagenkarussell mit seinen bis zu
über 100 Jahre alten geschnitzten Holzfiguren galt als
eine der beliebtesten Attraktionen. So auch 2009. Niemand konnte ahnen, was noch am selben Wochenende
geschehen würde.

An diesem 21. November, einem Samstag, bauten die
Felbers das Karussell an der altbekannten Stelle, Ecke
Salzgäßchen/Reichsstraße, gegenüber dem Café Riquet,
auf. Am Dienstag sollte es losgehen: Reiten auf Pferden
und Kamelen, Löwen und Tigern, Fahrten in Kutschen
und Heißluftballongondeln. Das Leuchten der Lichter,
das sich in Kinderaugen und den polierten Metallstan-
gen spiegelt, die Musik, der Duft von gebrannten Man-

Das Etagenkarusse
hier noch mit den Originalfigur

deln und Zuckerwatte und das nicht enden wollende Drehen und Drehen ... Doch so weit sollte es 2009 leider nicht kommen. Eines Nachts brannte die schönste Attraktion des Weihnachtsmarktes lichterloh. Vor allem die historischen Holzfiguren hatten den mehrere Hundert Grad heißen Flammen nichts entgegenzusetzen. Ein Schaden von 400 000 Euro entstand. Was genau in der Nacht zu Sonntag geschah, wurde nie abschließend geklärt. Die Polizei ging von einem technischen Defekt aus, der Betreiber Christian Felber vermutete jedoch Brandstiftung als Ursache. Was auch immer den Brand auslöste – ein tragischer Unfall oder böswillige Absicht – die Folgen waren verheerend.

Viel schlimmer war aber, zumindest für die Leipziger, der ideelle Verlust, denn das nostalgische Karussell war ein lieb gewonnener Bestandteil des Marktes. Und jetzt? Es war nur noch ein Metallgeripps übrig geblieben. Die bunten Lacke waren geschmolzen, Schutt und Asche bedeckten die Überreste des Karussells. Hier und da waren Fragmente einer Pferdefigur oder Ballongondel zu erkennen. Ein schmerzlicher Start in die eigentlich schönste Zeit des Jahres. Doch schon im folgenden Jahr konnte die Schaustellerfamilie ein neues Nostalgiekarussell an alter Stelle aufbauen. Mit unermüdlichem Einsatz bis zur letzten Minute wurde es original rekonstruiert und kann nun wieder Kinder erfreuen – nicht nur auf dem Weihnachtsmarkt in Leipzig, sondern in ganz Deutschland.

Wie viel das Etagenkarussell vor allem den Leipzigern bedeutet, wurde am 24. November 2010 deutlich. Über das Internet hatte der Journalist Daniel Große einen „Flashmob" angeregt und 80 Leipziger folgten seinem Ruf. Mit kleinen Spenden und Geschenken bekundeten sie Solidarität mit der Schaustellerfamilie und natürlich fuhren sie alle einige Runden mit dem Karussell. Diese Aktion rührte vor allem Besitzerin Silvia Felber sehr. In keiner anderen Stadt hätte sie so viel Rückhalt erfahren.

Und so hat diese bittersüße Weihnachtsgeschichte doch noch einen schönen Kern: Denn der Zusammenhalt, das Füreinander-da-sein und Aneinander-denken – das ist es, wofür die Weihnachtszeit steht und wofür auch Leipzig steht. Vielleicht sollte man Weihnachten nicht nur einmal im Jahr feiern …

Ein Löffel Graupen und eine Karpfenschuppe

Zu allen Zeiten war der Silvesterabend in Leipzig ein Fest genüsslichen Schwelgens. Greifen wir uns einen solchen Abend heraus, wie er im 19. Jahrhundert stattgefunden haben mag. Alle Geschäftigkeit des Tages konzentrierte sich auf die Küche. Zu Mittag gab es gewöhnlich etwas „Leichtes", um den Magen für die kulinarischen Höhepunkte des Abends frei zu halten.

Punkt sieben war die Familie vollzählig versammelt. Dann tischte die Mutter feierlich den traditionellen Karpfen auf. Wie mag er wohl dieses Jahr schmecken, war die häufigste Frage des Tages. Er schmeckte eigentlich immer, denn die Leipziger Hausfrau verstand den Karpfen auf sieben verschiedene Arten zuzubereiten. Bevorzugt wurde allerdings die kräftig gewürzte polnische Rezeptur. Aber wie auch immer er angerichtet war, auf jeden Fall musste er recht schuppenreich sein. Solch ein silberglänzendes Schüppchen, unauffällig in die Brieftasche gesteckt, garantierte für das kommende Jahr eine volle Börse. Wer diesbezüglich allerdings ganz sichergehen wollte, verleibte sich zusätzlich einen Löffel Graupen, Reis oder Hülsenfrüchte ein. Alles Quellende ließ nämlich ähnliche Glücksumstände für die Geldtasche erwarten. Als süßen Nachtisch genoss man mit kleinen Überraschungen gespickte Pfannkuchen, die man mit einem kräftigen Schluck Punsch hinunterspülte.

Kurz vor Mitternacht brach die Familie frohgelaunt zur Thomasschule auf, unter deren Fenstern sich eine erwartungsvolle Menschenmenge versammelte. Mit zwölf feierlichen Schlägen verkündete die Thomasglocke den Anbruch des neuen Jahres. Alle Glocken der Stadt fielen mit ihrem Geläut ein. Und waren sie verklungen, öffneten sich im hellsten Kerzenlicht alle Fenster im zweiten Stock und die Thomaner jubelten ihre Motette hinaus in die Neujahrsnacht.

Zu Hause, und nun bei Weitem ausgiebiger, kam die bauchige Punschterrine wieder zu ihrem Recht. Die Nachbarsleute stellten sich ein, sodass man sich in gesellig-ausgelassener Runde mit Rätselraten, Bleigießen und Tischrücken vergnügen konnte. Bei all dem lauschte man hellhörig auf die Gasse. Dort zogen vermummte Burschen mit Lärminstrumenten von Haus zu Haus, um eventuelle Schadensgeister abzuhalten. Zur gleichen Zeit streifte der Blick der Hausfrau das Büschel Immergrün über der Tür, das ebenfalls Schutz und Abwehr versprach. Ein Übriges tat der Hausherr, nachdem die Gäste verabschiedet waren: Er stellte nämlich als Geisterbann eine brennende Kerze ins Fenster.

Nun kam der Neujahrsmorgen. Da war man tunlich darauf bedacht, mit dem rechten Fuß zuerst aus dem Bett zu steigen. Den Anfang machte an diesem Morgen immer der Vater. Er blies das Feuer an, kochte ausnahmsweise den Kaffee und deckte den Tisch. Dann durchschritt er alle Räume, sogar die Keller und Böden, damit Schutz und Ordnung im neuen Jahr dem Haus erhalten bleiben sollten.

Gegen elf Uhr begann für gewöhnlich die Glückwunschparade. Den Kindern, die ihre Wünsche in zierlicher Schrift ohne Gegenleistung überreichten, folgten jene, denen man irgendwie verpflichtet war: Nachtwächter und Turmbläser, Schornsteinfeger und Ratsbote, Bartscherer und Bäckerjunge – sie alle polterten „mit offener Hand" die Treppe hinauf. Für zwei Groschen überbrachten sie beste Wünsche, für vier herzliche Glückwünsche und für acht versprachen sie dem edlen Spender die ewige Glückseligkeit.

Nach dem Vormittagstrubel setzte sich die Familie erleichtert zu Tisch. Vor dem Braten nahm allerdings jeder noch einen Happen von dem aufgesparten Rest des Silvesterkarpfens – das versprach eine reichliche Tafel das ganze Jahr.

Hatte man nun das Mittagmahl genossen, fügte sich der Neujahrsspaziergang an, der nicht selten in Vaters

Viel Glück im neuen Jahr.

100 Jahre später beglückwünschten sich die Leipziger mit dieser kostengünstigen Variante des Kartenschreibens zum neuen Jahr.

Stammlokal führte. Dort wurde ihm die traditionelle Neujahrspfeife gebracht. Diese Ehre erleichterte ihn um weitere zehn Groschen. Im Laufe der Zeit war die Neujahrsschnorrerei derart ausgeufert, dass die Stadtväter vor rund 140 Jahren per Verordnung einen gewichtigen Riegel davorschieben wollten. Aber bis zum letzten Spalt konnte diese Tür wohl bis heute noch nicht geschlossen werden.

Weitere Bücher aus der Region

Ein Amerikaner in Klein-Paris.
Geschichten aus Leipzig
Martina Güldemann,
Friederike Güldemann
80 Seiten, zahlreiche Fotos
ISBN: 978-3-8313-2413-2

Kuhschwanz, Fummel und
ä Schälchn Heeßen – Kulinarische
Geschichten aus Sachsen
Martina Güldemann
80 Seiten, zahlreiche Fotos
ISBN: 978-3-8313-2359-3

Also, morgen halb acht,
bei Blumen-Hanisch!
Martina Güldemann, Otto Künnemann
80 Seiten, zahlreiche Fotos
ISBN: 978-3-8313-1426-3

Und dienstags auf zum Wechselball!
Geschichten und Anekdoten
aus dem alten Leipzig – Band 3
Martina Güldemann, Otto Künnemann
80 Seiten, zahlreiche Fotos
ISBN: 978-3-8313-1640-3

Wartberg Verlag GmbH & Co. KG
Im Wiesental 1 | 34281 Gudensberg
www.wartberg-verlag.de

Bücher für Deutschlands Städte und Regione
Tel. 0 56 03-93 05 0 | Fax 0 56 03-93 05 28
www.kindheitundjugend.de